無職轉生
到了異世界就拿出真本事
13
Rifujin na Magonote
理不尽な孫の手
Kadokawa Fantastic Novels

希露菲葉特
魯迪烏斯
洛琪希
露西

莉莉雅
塞妮絲
諾倫
愛夏
人物介紹

「其實啊，我本來打算等這工作告一段落，
就要去你家一趟。」

無職轉生

⑬

到了異世界就拿出真本事

理不尽な孫の手
Rifujin na Magonote

插畫：シロタカ

Kadokawa Fantastic Novels

無職轉生～到了異世界就拿出真本事～⑬

CONTENTS

第十三章 青少年期 日常篇

「把認定為多餘並捨棄的事物再度撿回時，就會明白其價值。」

The person who abandoned his family has got the family who isn't deserted.

著：魯迪烏斯・格雷拉特

譯：金恩・ＲＦ・馬格特

第十三章 青少年期 日常篇

第一話「洛琪希成為教師」

甜美的芳香喚醒了我的意識。

在半夢半醒之間，一股惹人憐愛的香氣撲鼻而來。

「！」

吃了一驚的我睜開雙眼，發現神就在眼前。

神把可以用天真無邪來形容的睡臉朝向這邊，發出平穩的呼吸聲。

「哦哦……」

我緩緩地爬出被窩，在床上端坐。然後雙手合十，行了一禮。

畢竟神是非常尊貴的存在，千萬不能失了禮數。

「等一下，這也就是說，難道……」

我察覺到某件事，因此伸手掀開蓋在神身上的毯子。於是，果然不出所料！在我的眼前，在毯子下方，竟然……是神的裸體！

「哦哦哦……！」

會讓人覺得是否過於幼小的肢體；欠缺起伏，絕對無法算得上有女人味的腰部線條。

雖然因為太暗而看不清楚，但是神的胸前是不是有白毫呢？

是不是有著釋迦牟尼佛額頭上的那種白毫？

……不，那應該不是白毫吧。不過，毫無疑問是同等尊貴的東西。（註：白毫原本是指白色毫毛，為三十二相之一，在佛像上經常以圓形突起來表現）

「咕嘟……」

出手碰觸真的沒問題嗎？不，怎麼可能有什麼不妥，畢竟我已經被神選中。

換句話說，我是救世主。救世主碰觸神明當然不成問題。

話雖如此，在涅槃的途中打擾真的不要緊嗎？要是這時出手，是不是會背上罪業，導致無法Nirvana（涅槃）呢？

還是會在碰到神的那一瞬間就受到聖光籠罩，在「退下吧！魔羅！」的喝斥聲中遭到淨化？可是，我的使徒已經從一大早就充滿聖保羅的風範了。

「嗯……好冷……」

神把毛毯拉了過去，動了幾下蓋住身體，然後翻身背向這邊。

「哦哦哦……」

這是何等神聖的光景！水藍色長髮間隱約可見的潔白後頸！難以算是豔麗的頸項！還有昨天我在她脖子上留下的吻痕！

實在太美好了。居然能目睹這樣的景象，自己肯定是世界上最幸福的人。

……哎呀，不行。早上的時間不多，必須叫醒她才行。

「洛琪希，請起來吧，已經早上了。」

「嗯……」

神睜開雙眼，緩緩撐起身體。於是毯子往下滑落，美麗的後背曲線顯露在外。人類的黎明就此到來。

「……早安。」

神緩緩地轉了過來。臉上的惺忪睡眼，胸前的一對白毫，腰間的可愛肚臍。還有被小巧內褲包覆住的，小小的曼珠沙華。

看到這一切，我的舍利塔也背負起幾乎開悟的罪業。

「啊……」

她拉起毯子，蓋住身體。

這瞬間，我領悟到神已經圓寂。光明逝去，黑暗的時代降臨。

「怎麼了，你為什麼一臉遺憾？」

「沒什麼，我只是想在更明亮的地方仔細欣賞洛琪希老師的倩影。」

「…………我並不認為有什麼好看。」

「您說這什麼話。好了，請放下毯子，讓在下膜拜那美妙的太陽吧。」

「你為什麼一大早就這麼有精神……算了，既然你把話講到這個分上，而且畢竟已經事到如今，其實也沒什麼關係。」

洛琪希邊說，邊緩緩敞開毯子。

於是，世界籠罩在光明之中。我看光是好的，同時也發現了暗。我稱光為阿波羅(Apollo)，稱暗為厄洛斯(Eros)。暗之近側有肚臍(Cupido)，也有大腿(Amor)。這是頭一日。

「可以了吧？」

眼前的毯子再度閉合。

黑暗的時代也因此再度……算了，不玩這個哏了。

「那個……魯迪。」

「是，有什麼事？」

「昨晚……真是謝謝你。」

洛琪希收起下巴低頭行了一禮。

在昨晚和洛琪希做了那檔事的我回顧起走到這一步的歷程。

原本預定在孩子出生後，洛琪希也要成為我正式的妻子。結果直到今天之前，自己都沒有和洛琪希辦事。一方面是因為忙著照顧小孩，另一方面也是因為洛琪希本身還在自制。雖然已經理解，不過洛琪希想必也很不安吧。

為了抹去這份不安，我非常努力。

不但盡可能把洛琪希當成公主對待，還傾全力地去侍奉她。

就像是希望她能接收到自己的愛，我展現出魯迪烏斯流的真髓。

拜此所賜，下巴到現在還有點痛……因為舌頭使用過度。

不管怎麼樣，我的愛情應該已經充分傳達，洛琪希也很滿足。

「話說回來，沒想到居然有那種做法……或者該說是技巧？我之前完全不知道。」

洛琪希紅著臉這樣說道，眼神也四處亂飄。

「呵呵，因為世界很廣大啊。」

我把培育至今的技術全都用上了。

這是讓希露菲毫無招架之力，只能被蹂躪到奄奄一息的行程。

我想讓洛琪希也陷入相同狀態，而這行程就是實現欲望的最短路線。

然而計畫趕不上變化，洛琪希的反應和我的預測有點不同，她對每件事情都提出疑問。

例如：「我該做什麼才好？」

即使正在男女交歡，洛琪希還是那麼認真勤奮。

所以我每次都詳細說明，把技術傳授給她。

「以後請教導我更多知識。」

「不，洛琪希老師妳只要躺下來，然後把一切都交給我，我就會做到盡善盡美喔。」

「不不，我也想繼續精進這方面的技術。」

老實說，和我原本的想像確實不太一樣。

不過呢，這樣也沒有什麼不好。

希露菲和洛琪希各有各的做法。

兩邊都可以讓我滿足，自己沒有任何不滿。

「……上學要遲到了呢。」

依然面紅耳赤的洛琪希使勁轉開臉，動作緩慢地爬下床。

至於我，還是保持端坐的姿勢。

觀賞小巧可愛的雪白屁股時，記得要打開燈光並保持距離喔。（註：後半句是出自於日本電視節目會標示的警語）

「嗯？什麼事？」

「不，沒什麼。」

因為洛琪希轉了過來，我也趕緊裝成正在換衣服。

「……」

這時，我感覺到洛琪希從後方看向這邊的視線。是不是該舉起手臂，擺出健美先生的姿勢呢？當我正在胡思亂想時，洛琪希碎步靠了過來，輕觸我的背部。

「抱歉，看來我抓傷了你。會痛嗎？」

「嗯？」

我扭過頭看了一下，只見腋下靠後方的位置有四條紅腫的抓痕。

伸手一摸，感覺有點刺痛。這是洛琪希昨晚造成的傷口，換句話說是男人的動章。

嗯，一想到洛琪希留下這傷痕時的表情，自己就有點蠢蠢欲動……噢，這樣不行。

「沒什麼要緊。」

「希望不會變成疤痕……」

洛琪希滿臉通紅地這樣說道。

既然她沒說要用治癒魔術來治好，想必是也回想起昨晚的事情了。

我看向洛琪希的臉，彼此正好視線相對，美麗的水藍色眼眸裡映照著我的臉孔。

接著，她立刻閉上雙眼，一臉正在等待親吻的表情。如果這時吻下去，恐怕會開始第二回合戰鬥。

因此，我決定輕輕撫摸她的臉頰就好。

「……老師，換衣服吧。」

「咦？嗯，你說得對！」

洛琪希慌慌張張地跳離我身邊。然後從胸罩開始，依序把衣物都一一穿上。

確認她行動後，我也開始更衣。

「魯迪，我看起來有沒有什麼奇怪的地方？」

換好衣服之後，洛琪希在我面前轉了幾圈，展示她身穿長袍的模樣。

辮子也輕巧地飛舞起來。

「沒有問題。」

「真的嗎？」

「當然是真的。」

我給予正面的溫暖回應。而且這句話裡還灌注了我的意志，那就是如果有哪個傢伙膽敢胡扯洛琪希看起來很奇怪，自己絕對不會輕易放過對方。

「因為今天是第一次上課，我不能失敗。」

洛琪希說完，用力握緊拳頭。

從今天起，她也要前往學校。不過身分不是學生，而是教師。

我的身分也有改變，從今天起就是三年級了。

──那麼，在開始三年級的第一天之前，先來聊聊前些時候的往事吧。

也就是洛琪希成為教師那天的情況。

★幾個月前★

旅行回來後過了差不多一星期。

各種讓人忙亂奔走的事情開始沉靜下來，某一天，我正坐在起居室裡的沙發上放鬆休息。

洛琪希突然主動開口。

「魯迪，我想去魔法大學工作，可以嗎？」

「咦？」

沒聽懂這句話的我愣愣反問後，洛琪希以一如往常的平淡表情俯視著我。

「因為空閒時間實在太多，所以我想看看有沒有自己能做的事情。」

「呃……所以，妳意思是想成為魔法大學的教師嗎？」

「嗯，我是打算那樣。」

洛琪希以認真表情點了點頭。

確實，最近的洛琪希看起來很閒。

洛琪希做家事的能力並不算特別優秀。雖說她以前是單獨行動的冒險者，所以基本上該會的都會，然而一旦和希露菲、愛夏以及莉莉雅相比，不管怎麼樣都顯得較為遜色。

而且家裡已經有了兩個女僕，洛琪希自然沒有上場的機會。

講到她的工作，頂多只有負責代替我的左手。失去一隻手的生活會碰上許多不方便的情況，例如在換衣服和吃飯時，洛琪希確實幫了我不少忙。

可是，那些並不是無論如何都不能少了她的問題。

「嗯……」

教師嗎？

我本身很清楚能被洛琪希教導魔術是很幸福的事情。

更何況進一步來說，讓洛琪希來代替我的左手實在太大材小用。與其享受獨占她的優越感，讓名為洛琪希的優秀人物進入社會應該更有益於世界吧。

「那個……看在魯迪眼裡，或許會認為憑我這種水準還想開課授業根本是自不量力，不過我感覺自己還算滿喜歡教導別人。」

「我完全不認為老師妳是不自量力啊！」

這話真讓人遺憾。無論是在哪個平行世界裡，認為洛琪希自大狂妄的我想必都不存在。不管越過多少條世界線，我對洛琪希心懷尊敬都是已經註定的命運。這就是命〇石之門的選擇。（註：出自電玩遊戲以及動畫作品《Steins;Gate》）

「我甚至覺得洛琪希妳無論如何都該成為魔法大學裡的教師！」

「能聽到你這樣說真是讓人感謝……或者該說是讓人有點難為情呢。」

好，既然已經定案，打鐵必須趁熱。

「我們現在就去找吉納斯副校長商量吧。」

聽到這句話，洛琪希滿臉驚訝神色。

「咦？吉納斯先生現在當上了副校長嗎？」

「妳認識他？」

洛琪希換上極為苦澀的表情。

「…………他就是我的師傅。」

嗯?吉納斯是水聖級魔術師嗎?我一直以為他是火聖級,是不是我誤會了?

不,就算能夠使用兩種類別的魔術,也不會被稱為Double或Twin。

所以應該只是自己不知道而已,其實吉納斯同時也身為水聖級魔術師。

「以前離開時,我曾經對他說過很過分的言論。雖然現在已經反省是自己當初太年輕氣盛……」

「既然是往事,妳沒有必要那麼在意。」

據說洛琪希的師傅是個傲慢又妄自尊大的人物。可是,我認識的吉納斯給人一種類似勤勉員工的印象,和以前從洛琪希那裡聽來的師傅形象並不一致。我想吉納斯那邊一定也發生了很多事吧。

「可是,萬一對方還心有芥蒂……」

「我會挖掉所有的芥蒂,讓他把所有嫌隙都忘得一乾二淨。」

雖然我欠了吉納斯不少人情,不過這次可是為了洛琪希,就算必須欠下更多人情也不成問題。

「好吧,那麼到時候就麻煩你了。」

如此這般,我們決定前往魔法大學。

一如往常,吉納斯身邊到處是堆積如山的文件。

「這是……」

看到洛琪希，吉納斯副校長露出苦笑。

雖然他每次都是這種表情，今天的笑容卻顯得特別苦澀。

「不好意思，吉納斯副校長，我們可以占用您一點時間嗎？」

「嗯，當然可以，魯迪烏斯先生。先換個地方吧。」

即使手邊還有工作要處理，吉納斯依然爽快地騰出時間。他看起來總是很忙碌，但是只要我前來拜託，每次都願意特別抽空。我認為他不是個壞人。

「兩位請坐。」

一行人移動到會客室後，我和洛琪希並排坐在吉納斯的正對面。

好久沒來這裡，大概從和巴迪岡迪決鬥那次之後就沒來過了。

「那麼首先……久違了，洛琪希。」

「是的，好久不見了……師傅。」

「妳不是說過不會再稱呼我為師傅了嗎？」

聽到這句話，洛琪希先放低視線才開口回答。

「關於這件事……實在非常抱歉，我當時過於狂妄自大。」

這些對話聽起來實在很像是在測試彼此的適當距離。

彷彿一旦草率開口，對方就會突然大叫並發動攻擊。

「彼此彼此，我這邊也是自尊心太高了。」

兩人互相低頭致歉後，現場換上一種總算放鬆下來的氣氛。

這種氣氛就像是他們終於發現……對於長久以來一直認為很礙事的事物，原來已經不知不覺地產生了眷戀。

我不知道這兩個人之間曾經發生過什麼事，或許是時間的洪流沖走了一切。

畢竟過了十年，大部分的人都會改變。

過了幾秒，吉納斯抬起頭來，似乎已經重振起精神。

「那麼，今日有何貴幹？」

「是這樣的，師傅。我後來經歷了很多事，也因此明白教導他人的樂趣，所以想請教是否有機會讓我在這裡職掌教鞭。」

「原來如此，看樣子那個說過不需要老師的洛琪希確實改變了很多。」

吉納斯帶著苦笑講出這種帶有諷刺的回應。

他是不是沒什麼意願呢？我抱著這種想法看向洛琪希，發現她也在苦笑。

那是一種彷彿彼此都已經心領神會的苦笑。不知為何，我突然有種受到排擠的感覺。

原本我打著就算吉納斯反對也要強迫推銷洛琪希的主意，現在卻覺得不需要那樣做也不要緊。不僅如此，我甚至覺得自己的存在成了妨礙。

「洛琪希老師，我是不是暫時退席會比較好？」

「……咦？你待在這裡也沒關係喔。」

「不了，因為我也想去找認識的人打聲招呼。」

洛琪希和吉納斯既然是舊識，想必有很多話想聊。

而且站在洛琪希的立場，她肯定不想讓我知道自身不成熟時期的往事。

雖然覺得有點寂寞，我還是先說明了自己會去哪裡，然後離開現場。

★★★

目的地是札諾巴的研究室。

當初說兩年才會回來，結果卻只花了半年，札諾巴一定會很驚訝。自己因為保羅和塞妮絲的事情而心情鬱悶，但是我不打算把他也拖下水，還是擺出開朗態度吧。

「好！」

我敲響研究室大門，沒等札諾巴回應就直接闖了進去。

「有個大消息喔，札諾巴！那個人回來了！」

「嗚哇！」

結果，我看到札諾巴正一臉恍惚地把真人尺寸的假人模特兒壓在身下。

「……」

「……」

我們兩個彼此對望了幾秒。

札諾巴現在是怎麼樣的心情呢？我知道肯定不是喜歡或討厭之類。

嗯，我能夠體會。

「……」

所以我移開視線，默默地關上房門。

隔著門可以聽到窸窸窣窣喀嚓喀嚓的聲響。我等了約十分鐘，直到那些聲音不再響起。

接著，裡面傳出「請進」，於是我一口氣把門推開。

「有個大消息喔，札諾巴！那個人回來了！」

「哦哦哦哦！這不是師傅嗎！」

我和札諾巴若無其事地抱在一起慶祝再會。

彼此沒有任何疙瘩。我和札諾巴是摯友，自己什麼都沒看到，剛剛什麼事情都沒發生。

「您這麼快就回來了！原本不是說要花上兩年嗎？」

「嗯，因為發生很多事情，所以才能提前回來。」

「預計兩年的旅程卻只用了半年，真不愧是師傅！」

我看了看周圍，室內排放著許多富有民族色彩的人偶和銅像。

雖然我已經很熟悉札諾巴的研究室，不過或許是因為隔了一陣子沒來，有種特別懷念的感覺。

話說回來，這裡多了一些之前沒看過的東西。尤其是茱麗的桌子上擺滿了土製的人偶模型，看樣子她在我離開的期間也沒有偷懶，還是繼續努力。

「茱麗和金潔怎麼了？」

「她們外出購物了。本王子交待了傍晚才能買到的東西，在那之前應該都不會回來。」

原來如此，所以札諾巴才會趁機和心愛之人（假人模特兒）幽會嗎？

這樣的機會想必很少，這次是我的錯。

「嗯？師傅，您的手是怎麼了……？」

札諾巴似乎注意到我的狀況。他換上沉鬱表情，看向少了手腕以下部分的左手。

「發生一些事情，一時大意就出錯了。」

「……也就是遇上了強大到足以讓師傅您失去一隻手的對手？」

「嗯，是魔術無效的九頭龍。」

「九頭龍嗎……唔，確實是強敵。」

那場戰鬥……現在回想起來，我方很單純地就是物理攻擊力不足。要是札諾巴在場，說不定可以更輕鬆地打倒那隻九頭龍。果然當時應該先暫時撤退，把例如像札諾巴這樣的幫手帶去才是正確選擇吧。

不過事到如今，講這種話也無濟於事。

「既然魔術無效，恐怕連師傅您也陷入了苦戰吧？」

「是啊，而且那傢伙的腦袋被砍掉之後會再生，實在很難對付。」

「哦，居然還會再生……那麼是用了什麼方法才打倒的？」

「先由我的父親……劍士砍下頭部，我再燒燬傷口。」

「原來如此。本王子一聽就知道，燒燬傷口這招是師傅您想出的對策吧？」

「只是因為我以前聽說過類似的故事而已。」

一想到那場戰鬥，我就忍不住想嘆氣。明明事先知道攻略方法，保羅還是丟了性命。札諾巴越是誇獎，我心裡越不好受。

「您看起來悶悶不樂呢。」

「打是打贏了，但是也失去了很多東西。」

「噢，原來是這樣。」

札諾巴看著我的手點了點頭，像是能夠感同身受。

「既然如此，這下可以說是正好。」

他露出乎很高興的笑容，然後跑向自己的工作桌，在最下面的架子翻找了一陣。

「請您看看這個。」

最後拿出來的東西是一個手部模型。

不，不對。若要說是手部模型，這東西有點太粗陋了。外觀要說是類似護手也還說得通，我想大概是手套的模型吧。

「這啥玩意兒？」

「哼哼，是這半年以來的成果。」

「哦？」

「本王子並不是整天都在玩樂。」

札諾巴抿著嘴笑了，很自豪地這樣說道。

畢竟推倒假人不算玩樂嘛……不，我沒有目擊到那樣的場面，自己什麼都沒看見。

「那麼，這東西到底是什麼？」

「請您親眼確認吧！」

札諾巴自信滿滿地舉起手套模型，把握成拳頭的手伸進裡面。

接著，他大聲吼出咒語。

「『土啊，成為吾之臂膀吧』！」

話聲剛落，那手套就動了一下。

原本呈現握拳狀態的手套開始慢慢張開，重複一開一合的動作，還把手指一根一根彎曲起來。

所有動作都流暢到讓人驚訝。

「這是能夠按照使用者意志動作的手部魔道具。」

「……」

「本王子按照師傅您的指示，針對那個人偶進行研發，還找了克里夫來協助，努力走到了這一步。」

「……」

「師傅……師傅？」

「啊？噢，抱歉。」

我驚訝到說不出話。

自己確實說過要札諾巴優先解析手部，不過，真沒想到他們能做出這種東西。

「真了不起。老實說，我真的大吃一驚。」

「哼哼哼，您現在就吃驚還太早了。因為只要使用這個魔道具，甚至還能夠抑制本王子的怪力。」

「真的嗎？」

「是的。」

札諾巴瞇起眼睛，很感慨地點了點頭。他的臉上流露出喜悅的情緒。

既然能夠抑制怪力詛咒，就代表札諾巴得以參與人偶製作。如此一來，他就可以做出喜歡的東西……而且是自己親手去做。他感受到的喜悅一定強烈到超乎我的想像。

「『臂膀啊，回歸為土壤吧』。」

札諾巴說完這句話後，手套停止動作。看樣子可以切換開或關。

「師傅。」

他拔出自己的手，把這個魔道具遞給我。

「請您試用一下吧。只要戴上並下令：『土啊，成為吾之臂膀吧』，這東西就會化為使用者的手。至於想拆下時，也只需詠唱『臂膀啊，回歸為土壤吧』即可。」

「好。」

我依照他的說明，把左手塞進魔道具裡。

或許是因為製作時以使用者會握拳作為前提，我少了一段的左手塞進去後剩下太多空間，感覺隨時會鬆脫。

「好像會掉下來。」

「沒有問題，請詠唱咒語吧。」

「好……『土啊，成為吾之臂膀吧』。」

剛講完這句話，我隨即感覺到魔力從手上被吸走。

被吸走的魔力並不算多。畢竟連札諾巴也能使用，這是當然。

「哦？」

下一瞬間，魔道具的內側緊貼到左手的斷面上。

有東西貼著的感覺慢慢消失，同時「指尖」的感覺也逐漸浮現。

「……怎麼樣呢？」

我試著動了動左手。

張開手掌，然後握拳。從大拇指開始挨次伸直，再從小指依序彎起。外型粗獷的土之手就像是自己的手那般聽命行動。

「會動！真的動了！」

「這還不算什麼，請試著碰觸物體。」

「好。」

我拿起旁邊的木製雕像，那是一隻拳頭大小的馬。

指尖有碰到物體的感覺。雖然反應有點慢，而且不太靈敏，彷彿中間隔了一層厚厚的工作手套，但是，確確實實有感覺。

「真厲害，居然連指尖的感覺都有。」

「是的。因為要是沒有感覺，就無法製作人偶。」

說得也對，畢竟製作人偶時必須進行精細的力道調整。

如果札諾巴製作這東西的目的是想要自行製作人偶，這部分當然不能妥協。

我試著從指尖放出小型魔術，成功製造出約莫小指前端大小的水彈。看樣子在魔術方面也能順利使用。

札諾巴他們才半年就做出這東西嗎，明明不是簡單的事情。

這是不是所謂的興趣才能帶動進步？

「本王子原本不確定在沒有手的狀態下是否能夠使用，看起來沒有問題。」

「嗯，可以動，也有感覺，還能夠使用魔術。」

「如果想增強力道，只需注入魔力即可。灌注的魔力越多，力量就越大。」

「哦？」

「不過呢，若是師傅使出全力來灌注魔力，手套應該會壞掉。這東西雖然做得比人手堅固，還是要請您特別注意。」

「我試試。」

我半信半疑地開始注入魔力，很快就逐漸感覺不到木雕馬的重量。

「真了不起。」

這句話才剛出口，手中突然傳出「啪」的一聲。

「啊！」

「啊啊！」

木雕馬的腳斷了。

「啊……啊啊……師傅……師傅……」

札諾巴用充滿怨恨的眼神瞪著我。

「抱歉，我會賠償……」

「嗚嗚……這隻木雕馬是基亞拉公國的傳統工藝……但是基亞拉公國已經不存在，恐怕再也無法……」

「要……要不然，我來做一隻新的吧……只是會變成土魔術的製品。」

聽到我這句話，札諾巴立刻換上笑容。

「哎呀！怎麼感覺很像是在催促您呢，實在不好意思！」

札諾巴一邊回答，一邊把木雕收進桌子裡。

他是不是打算晚一點再利用膠水之類的東西把斷掉的地方黏接起來？希望能順利修好。

之後，札諾巴再度轉向我，開口說道：

「這個手套就送給您吧。雖然還只是試作的產品，但是總聊勝於無。」

「真的可以嗎？」

「只要能麻煩師傅您和克里夫幫忙，應該很快就能做出類似的東西。」

也對，反正今後還會繼續研究。

我想讓這個像是隔著厚手套的感覺變得更加敏銳。那樣一來，想必連揉胸時都能開心享受觸感。

而且不僅如此，這個手套是充滿夢想的道具。

例如……對了，改造成附加配件式應該是不錯的主意。

或是把指尖換成鑽頭，那樣的話在製作人偶時會很方便。

還有也可以做成類似槍口的形狀並發射魔術砲彈，一定會很有趣。

「……札諾巴，我認為這是非常了不起的發明。」

「正是如此。雖然有點往臉上貼金，但本王子還是抱著做出了傑出魔道具的自負。」

這東西不光是可以用來製作人偶和當成武器，還可以應用到醫療方面。

在這個世界裡，就算四肢遭到切斷，也能夠靠高等治癒魔術來接上斷肢或促進重生。除此之外，甚至連那種在前世必須前往適切設施進行治療的傷勢，在這裡也只要會使用初級治癒魔術就足以輕鬆治好。

但是，治療肢體缺損很花錢。

一旦完全失去身體的一部分，除非財力相當雄厚，否則難以接受治療。更何況這世上沒有幾個人類有能力施展那種可以讓缺損部位再長出來的高等治癒魔術。雖說前往米里斯神聖國就找得到那樣的人，不過數量還是寥寥無幾。若以冒險者的生活水準來看，根本是遙不可及的事情。

所以平民和冒險者萬一缺了手斷了腳，頂多只能像《白鯨記》的亞哈(Ahab)船長那樣裝上一根木棒來當成義手義腳。

如果以那樣的人們也能接受的價格來販賣這個魔道具，估計可以賺到錢吧。

米里斯的治療術師或許會因此蒙受損失，不過兩地相隔遙遠，只要請魔法大學或魔術公會居間協調，我覺得有機會能行得通。不，肯定行得通。

「這個魔道具的名稱是什麼？」

「還沒有取名，因為本王子和克里夫都不太擅長取名。」

「是嗎……」

就算是那樣，一直沒有名稱也不是辦法。

「是的，所以能請師傅幫忙命名嗎？」

「咦？噢，可以是可以啦……」

其實我也不是多擅長取名。只是既然受人請託，實在很難推辭。

我看著已經成為自己所有物的手套，開始動腦思考。

講到可以拆下來的手，頭一個會聯想到的東西就是那個，火〇飛拳。不過這隻手並不會飛出去……雖然要射出去應該是辦得到啦。

另外，我還會聯想到「光榮之手（Hand of glory）」這個名詞。

那是把死刑犯的手切下來並屍蠟化而成的東西，和某個綁頭巾穿牛仔褲的好色高中生沒有關係。（註：指漫畫《GS美神 極樂大作戰!!》的主角橫島忠夫擁有的武器「光榮之手」）

總之，還是不要參考那方面吧。

在這個世界裡，這手套肯定是史無前例的發明。所以，只要用製作者的名字來命名就好。

「從札諾巴和克里夫各取幾個字，叫作『札里夫義手』如何？」

「但是這樣少了師傅您的名字。」

「沒關係啊，畢竟我又沒有出力。」

「……本王子並不認為您沒有出力……好吧，那麼這個手套就是『札里夫義手』的試作品第一號。」

札諾巴似乎很開心地這樣說道。

如此這般，我的左手裝備了魔道具「札里夫義手」。儘管不像以前那麼靈巧敏銳，不過可以隨意控制，而且也有感覺。只要注入魔力，還可以讓力量提昇好幾倍。雖然力道調整需要訓練一下才能準確掌控，但是這部分應該熟能生巧吧。

我的目標是使出能溫柔揉捏希露菲和洛琪希胸部的力道。

「本王子也明白這東西還有很多必須改進的地方，可是自動人偶的研究也必須繼續進行。您覺得該怎麼辦？」

「這個嘛……」

這個義手似乎有一些問題。

例如必須消費的魔力就是其中之一。聽說若以札諾巴的魔力為基準，大概只能支撐兩到三個小時。

另外還有手指太粗欠缺美感，或是感覺有點不夠靈敏等缺點。

如果能把這些問題都解決，想必會製作出非常傑出的魔道具。

然而，這東西充其量只是副產品。

「你知道嗎，札諾巴？」

我們的目標是要親手製作出自動人偶。

這個義手應該能賣錢，而且也是很便利的道具，所以將來找一天當成商品販賣應該是不錯的主意。但是，不該在這上面耗費太多時間。

「不管再怎麼說，我們的目的都是要製作出自動人偶，不能忘記這一點。」

「您說得是。」

「所以，義手的事可以往後放，你還是先繼續解析人偶吧。」

「本王子就知道師傅您會這樣說。」

我和札諾巴訂出全新的活動方針。

至於義手這邊，等有閒暇時再研究就可以了吧。

後來，我和札諾巴又聊了一會兒，內容主要是關於我在貝卡利特大陸上看到的人偶。提到玻璃人偶時，札諾巴興奮得兩眼都亮了起來。

「話說回來，茱麗那邊的情況如何？」

「茱麗在幾天前完成了那位大人的人偶，她應該很想讓師傅您看看。」

唔，瑞傑路德人偶完成了嗎？我是很想看看，問題是……

「是嗎，但是她傍晚才會回來吧？不知道今天能不能見到面。」

「嗯？您還有其他事要辦嗎？」

「我打算等老師的面試結束後，也去其他人那邊露個臉。」

「老師？」

這時，敲門聲響起。

「魯迪，你在嗎？我沒弄錯地方吧？」

是洛琪希的聲音。看來在我和札諾巴閒聊的期間，她的面試已經結束。

「請進，我們正好要聊到老師妳的事情。」

「打擾了。」

洛琪希走進房內。

她東張西望地看了看四周，然後縮著身子以有點戰戰兢兢的態度慢慢走到我身邊。

「這裡真是相當高水準的研究室呢，讓我進來真的沒關係嗎？這種地方應該有不能讓外人看到的東西吧？」

「這間學校裡沒有洛琪希老師不能去的地方。」

「那不是魯迪有權決定的事情吧？」

「也對。不過，這裡沒問題。」

我和洛琪希對話時，札諾巴先是整個人僵住，然後全身開始發抖。

「札諾巴，我來介紹一下。這位是洛琪希·M·格雷拉特，也是我的老師。」

「好久不見，札諾巴殿下。非常高興看到您康健如昔。」

洛琪希對札諾巴深深一鞠躬。

「喔……喔……喔……」

札諾巴看著洛琪希，還是抖個不停。

他一邊發抖，同時把手臂高舉過頭。

「嗚喔喔喔喔喔喔喔！」

「哇！」

札諾巴突然大吼。

他像青蛙那般跳了起來，直接趴到地上擺出五體投地的姿勢。

洛琪希嚇得身體一震，把半個身子藏到我身後。

「真是久違了，洛琪希小姐！以前本王子不知道您是師傅的師傅，才會多有得罪！」

「請您抬起頭來，一國的王子居然對區區在下這麼客氣，實在讓人惶恐。要是被其他人看到該怎麼辦呢！」

洛琪希驚慌失措。

沒辦法，我來打個圓場吧。

「不要緊的，老師。萬一有哪個人膽敢多嘴批評，我會負責解決對方。」

「連魯迪你都在胡說些什麼！」

不知道該如何是好的洛琪希真可愛。

明明沒什麼好慌張。

「我才要請老師妳冷靜下來，札諾巴對洛琪希老師妳磕頭跪拜是理所當然的事情吧？」

「是……是那樣嗎？我可不可以問問是基於什麼理由？」

「我說，札諾巴，沒錯吧？這樣很天經地義，對嗎？」

我徵求札諾巴的同意。他保持五體投地的姿勢，畢恭畢敬地回答：

「是！因為洛琪希小姐是師傅的師傅。」

看吧，連札諾巴也這麼說。

「我不是要問當不當然，我是想知道理由！」

「理所當然的事情沒有理由，老師只要直接泰然以對就好了。」

「可是……」

「真沒辦法……札諾巴，你起來吧。」

由於再這樣下去根本無法好好對話，我決定讓札諾巴起身。

他身材高大，現在應該可以看到洛琪希的頭頂髮旋。

如此高高在上實在無禮……算了，長這麼高又不是出於他本人的意志。

「那麼，結果如何呢？老師有機會擔任教職嗎？」

「嗯，吉納斯師傅……副校長也認可了我的能力。」

「因為老師培育了我，這是當然的判斷。」
「魯迪你完全是自行成長進步，我認為和我作為教師的本領沒有什麼關係。」
不管怎麼樣，洛琪希似乎已經確定從下學期起就會開始在這間學校任教。
這下必須好好慶祝一番才行。
慶祝……慶祝啊……要慶祝自己和洛琪希結婚，兩個妹妹的十歲生日，還有孩子即將誕生，有好多該做的事。
我看，找一天辦一場盛大的家族慶祝會吧。
保羅的信裡也提過，回來之後想把所有事情都集中起來慶祝一番。
算了，這事不急。因為現在很忙，要等各方面都穩定下來之後再說。
「噢，對了，我還得去找其他人打個招呼。」
「您說得對。看到師傅回來，想必大家都會很高興。」
札諾巴快活地笑了。受到他的影響，我也露出笑容。
一想到接下來要把洛琪希介紹給其他人，我就滿心期待。
「那麼札諾巴，謝謝你送我的義手。我下次再來。」
「是，請您有空時再來露個臉，茱麗也會很高興。」
「當然沒問題。」
「噢，對了。萬一義手有什麼狀況，找克里夫處理可能比找本王子更快。」

「我知道了。」

於是，我們離開札諾巴的研究室。

嘎嘰嘎嘰的聲音在寒冷的走廊中迴響著。

是我的義手發出來的聲音。我邊走邊進行調整，確定到底該注入多少魔力。每次開合手掌，義手就會發出嘎嘰聲。

畢竟是試作的產品，再怎麼樣也不能設計成靜音。

「那隻義手是魔道具嗎？」

這時，走在我左邊的洛琪希突然開口提問。

「嗯，聽說是札諾巴的研究成果。」

「真是了不起的發明，居然可以做出那麼精密的動作。」

「是啊，既然這東西有此等水準，沒有洛琪希協助似乎也不要緊。」

「啊……也對呢。」

我轉頭一看，洛琪希露出覺得自身犯錯的表情。

「對不起，我完全沒有考慮到魯迪的事情。自己不在的話會讓魯迪遇上許多不便，我卻說什麼想當老師……」

「如果妳是在說我的左手，其實這完全不是妳需要擔心的事情。」

雖然自己確實受了不少幫助，但是我並沒有主動拜託她。而且，當然是以洛琪希本身的希望為優先會比較好。

因為我身邊有很多人會在我遇上困難時伸出援手，不過這種話聽起來很像是在暗示她可以被取代，所以我不會真的說出口。

「不管怎麼樣，魯迪能得到新左手真是太好了。」

「嗯，這樣一來，我就可以盡情碰妳了。」

我一邊說一邊用義手連連觸碰洛琪希的肩膀。

她的柔軟和溫暖隔著長袍傳了過來。看樣子連溫度都可以感覺到，這個義手的性能真的很優秀。

儘管我的動作相當肆無忌憚，洛琪希還是毫無抵抗地接受這些行為。

「總之，我想把老師介紹給大家認識，請跟著我來吧。」

「介紹……知道了！」

洛琪希一臉緊張地點了點頭。

接下來我前往各處報告自己回來的消息，同時介紹洛琪希。

對象包括莉妮亞、普露塞娜、愛麗兒、路克，還有七星。本來也想去找克里夫，卻聽到他的研究室裡傳來香豔的喘聲，因此我決定還是不要打擾。

每個人都各有不同的反應。

莉妮亞和普露塞娜的反應尤其有趣。

她們光是聞了一下洛琪希的味道就嚇得發抖。

我向縮起尾巴的兩人介紹洛琪希是自己敬愛的師傅後，兩人一起低下頭行禮。

這大概是因為獸族很敏感才能理解吧……理解什麼叫作真正不可違逆之人的氣勢。

相反的，愛麗兒和路克的感覺就很遲鈍。

前往致意時，愛麗兒挖苦我說只有回來時才會想到要露個臉。

她的語氣並不是在責備，而是想表達既然我要出門，其實她可以提供各式援助。自己確實因為準備不足而失敗，這些話讓我滿心羞愧。

所以，我也向他們乖乖賠罪。

不過呢，這部分並不重要。介紹洛琪希之後，兩人先是愣了一下，接著才面面相覷。我猜他們大概是無法相信外表年幼的洛琪希要登上講壇吧。

話雖如此，或許該說愛麗兒不愧是一國的公主，她對洛琪希還是很客氣有禮地打了招呼。真是個具備格局氣度的人物。

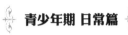

至於七星，她看起來一副不健康的模樣。而且不知道是不是得了感冒，一直咳個不停。看到我之後，還鬆了口氣表示這下總算能繼續研究。

我向她介紹洛琪希，還告知洛琪希下學期起就會以老師身分在此工作，結果她只冷淡地回應了一句：「噢，是嗎？」

因為實在太過冷淡，我忍不住繼續列舉洛琪希的優點，七星卻皺起眉頭罵我是噁心的蘿莉控。

算了，普通的女高中生根本無法理解洛琪希的美妙之處。

該去打招呼的各相關人士都找過了。

差不多可以回家的時候，洛琪希嘟起嘴。

「魯迪。」

「什麼事？」

「我很高興你願意把我介紹給其他人認識，不過你對我的評價似乎有點過於誇大。」

「我並不覺得自己有誇大。」

「是嗎？」

「因為憑我的表達能力根本無法充分彰顯出老師的優秀，我甚至覺得講到那樣還不夠。」

聽到這句話，洛琪希突然伸手對我一指。

「對！就像這樣！難道魯迪你是在刻意揶揄我嗎？」

「完全沒那回事，我對老師的尊敬分分秒秒都出於真心。」

「唉……每次魯迪稱呼我為『老師』時，我總有一種遭到嘲諷的感覺。」

洛琪希重重地嘆了一口氣。

看在洛琪希的眼裡，我認定的正當評價似乎成了過譽。

「這件事也就算了，魯迪你明明把我介紹給很多人，卻只會說我是『老師』，不願意稱呼我為『妻子』。」

「啊！」

聽到她這麼說，我察覺到自己出了錯。

而且是無法挽回的醜態。

沒錯，洛琪希已經不是洛琪希．米格路迪亞了。

而是洛琪希．M．格雷拉特。

我是這樣介紹她，洛琪希自己報上的也是這個名字。

所以，我認為完全沒有必要特別說明。

而且例如像是愛麗兒，想必有聽出這樣代表什麼意義。

不過也對……怎麼會犯下這種錯呢？雖然我覺得洛琪希如此偉大，當自己的老婆簡直是鮮花插牛糞，但是……原來洛琪希是希望我介紹她的妻子身分。

真是嚴重失態。就算是第二夫人，妻子就是妻子，是可能會為我生兒育女的存在。

「對不起，洛琪希。My sweet heart，我是真的很愛妳。我甚至願意去拜訪妳的雙親，向他們報告我倆已經結婚的消息。」

「嗚……不，沒有必要那樣做。畢竟我的故鄉很遠，還是等以後再說吧。」

以後再說嗎？不知道洛因先生和洛嘉莉夫人是否過得很好。

既然我和洛琪希結了婚，他們兩位就等同於我的父母。而且當初受了一些幫助，其實自己也很想再去探望一下。總覺得只要通過幾個轉移魔法陣，大概兩個月左右就能到達，不過……

「我明白了，那就 以後再找機會過去吧。」

現在還不急。等到將來有一天，真的有空閒時間可以運用時，再全家出門旅行順便去打擾一下吧。

我抱著這種想法，和洛琪希一起踏上回家的歸途。

——學校的傳言．其之一「龍頭老大的手能發射出去」——

第二話「三年級」

三年級第一天。

醒來打理妥當後，我下樓來到起居室，發現希露菲已經在那裡餵露西喝奶。

「啊……早安，魯迪。」

子。

「早啊，希露菲。」

孩子誕生後過了幾個月，產後過程一切順利，母女倆都很健康。

我覺得希露菲的女人味在最近一口氣提昇很多，不知道是因為頭髮變長，還是因為生了孩子。

也有可能是年齡增長的結果。總之，她正逐漸轉變成媲美好萊塢女明星的美女。

靜靜坐著不動的模樣散發出高不可攀的氣勢，甚至讓人在對她搭話時會心生遲疑。

不過實際搭話後，會發現她還是那個屬於我的愛撒嬌希露菲，讓我鬆了一口氣。

「露西今天也很有精神喔。」

聽她這麼一說，我看向女兒。她正在專心吸著希露菲的胸部，跟夜裡床戰時的我一樣。嗯，這方面果然和我是親子呢。

露西雖然很健康，但是個性乖巧。

由於她實在太少哭鬧，我曾經懷疑露西是不是生了什麼病，也因此受到不安情緒折磨。

每一次希露菲和莉莉雅都會說我只是擔心過度。

果然和弟弟妹妹不同，自己的小孩似乎是一種特別的存在。

儘管我動不動就擔心，露西卻成長得很順利。

她是個很少哭鬧的乖巧小孩，但是身體方面好像很健康。

看到露西的表現，莉莉雅講了一句讓我心裡一驚的發言：

「露西小姐會讓人回想起魯迪烏斯少爺小時候呢。」

「轉生者」這個名詞閃過我的腦海。

自己在前世不太算是什麼好人。

所以有點不安，擔心這孩子會不會是哪個壞男人轉生而成。

由於實在太不安了，我做出用日文和英文對女兒說話的瘋狂行為。

也就是壓低音量，對著出生沒多久的女兒低語：「妳早就發現了吧，這裡是異世界……」

「You are my Sunshine!! I am a pen!!」等發言。

這個樣子大概真的很滑稽。

躲在旁邊偷看的愛夏也忍不住嘻嘻笑了。

雖然也不能說是經過驗證後的結果，不過我想露西並不是轉生者。

因為她聽了我的話，只會笑著嗚嗚啊啊回應。

當然也有可能她是在故意隱瞞真正身分，然而能夠模仿嬰兒的大人並不多。

而且就算真是那樣，這種拚命模仿嬰兒的行為不是也挺可愛的嗎？

嗯，露西很可愛。

可愛到即使要我待在嬰兒床旁邊一整天也不會覺得厭煩。

什麼轉生已經不重要了。縱使露西的精神是轉生者，也只要細心養育她就好。

就像保羅對我那樣。

「我們家的孩子今天也很可愛。」

「是啊，為什麼會這麼可愛呢？」

「是因為媽媽很可愛吧。」

我從後方伸手環住希露菲的脖子，將她抱入自己懷中。接著做出要親吻希露菲後腦的動作……實際上卻是把臉埋進她的頭髮裡。一股奶香傳了過來，這是天然的香水。

「嘿嘿嘿，謝謝你，魯迪。」

希露菲輕撫著我的手，害羞地笑了。

接著，她看向站在我身後的洛琪希。

「那個……洛琪希，昨天的魯迪表現如何？」

洛琪希整個人抖了一下。

「……咦……啊……就是，對我很好。」

「魯迪做那種事情時會變得比較粗魯，妳會怕嗎？」

「我並不感到害怕。畢竟是第二次，魯迪也很溫柔……那個……總覺得很抱歉。」

「妳不需要道歉喔。」

「……是嗎？」

「嗯，是啊。」

兩人之間雖然還有點尷尬，不過並不會互相排擠。

維持著良好的平衡，也能看出雙方都有想建立良好關係的意志。
這種三人關係，恐怕要靠著彼此的努力才得以成立。
尤其是希露菲應該被迫付出非常大的努力。
畢竟能形成現在的狀況，有很大一部分必須歸功於她的寬大。
自己違背約定，迎娶洛琪希作為第二名妻子。
在某些情況下，搞不好離婚協議書早就砸到了我的臉上。

「早～飯～早～飯～吃早～飯～嘍♪」

這時，哼著歌的愛夏來到起居室。
真是五音不全，可能是她的即興創作。看來就連天才般優秀的愛夏似乎也不具備唱歌的才能。
「早安，哥哥和兩位夫人！今天的早餐和平常差不多！」
我看了一下，有綠色的湯和白色的麵包，還有加熱過的馬奶。
在這一帶，為了讓生了小孩的母親能夠奶水充足，都會讓她們喝馬奶。
「愛夏，妳不可以嫌麻煩，要好好說明早餐的內容。」
跟在愛夏身後進來的是莉莉雅，她先前好像也待在廚房裡。

「是！今天的早餐是約可豆和薯類煮成的湯搭配小麥麵包，還有營養豐富的馬奶！」

聽到莉莉雅的斥責，愛夏一臉得意地說明早餐菜色。

因為是每天都吃的東西，其實不用特別說明。不過像這種形式上的動作大概也很重要吧。

「很好。那麼，請稍等片刻。」

莉莉雅滿意地點點頭，轉身前往二樓。

「讓各位久等了。」

她很快帶著塞妮絲下來。

塞妮絲走進起居室後就站住不動，盯著我瞧，最後還是不發一語地坐到自己的位子上。

「……早安，母親。」

已經過了好幾個月，塞妮絲的記憶到現在依舊沒有恢復。

然而，她身上逐漸出現一些變化。

尤其和諾倫在一起時特別明顯，她會做出跟平常不一樣的行動。

例如撫摸諾倫的頭，或是親手餵她吃飯之類。

感覺很像是在照顧兩三歲的幼兒。

至於諾倫那邊，儘管感到困惑，還是接受一切沒有表示拒絕。

畢竟她現在處於還想撒嬌的年齡，或是才剛進入叛逆期的年齡……也就是對父母親的感情占了很大比重的時期。

不管怎麼樣，諾論一定是已經理解塞妮絲的狀況，而且也盡她可能地考量了局勢。若以我第一次見到的諾倫來說，實在很難相信她能做到這些事……不過，每個人都會改變。

「……」

塞妮絲可能是對自己的女兒有什麼感覺，或是記憶開始一點點恢復……無論是什麼原因，再觀察一陣子想必比較妥當。

「那麼，我要開動了。」

我總是和家人一起吃早餐。

右邊是希露菲，左邊是洛琪希，愛夏、莉莉雅、塞妮絲並排坐在桌子對面。諾倫今天不在，但她平常是坐在塞妮絲旁邊。

我不記得有特別討論過哪個人該坐哪裡，而是不知不覺就形成這種狀態。

「我從今天起也要開始上學，露西就麻煩妳了。」

「是，希露菲葉特夫人，請交給我吧。」

希露菲和我都是從今天起復學。

我們待在學校的期間，孩子交給莉莉雅和愛夏照顧。

不過，露西還是個小嬰兒，必須有媽媽的乳汁才能活下去。

從這點來看，我也跟小嬰兒沒有兩樣，只是現在要先把這事放一邊去。

總之，我們決定僱用奶媽，是一個叫蘇珊娜的近鄰太太（有兩個小孩，以前是冒險者）。

雖然她是舊識，不過這個人的事情也暫且按下不表。

「我吃飽了。」

好啦，從今天起，我就是三年級學生了。

★★★

「早！」

「早安！」

「您辛苦了！」

剛踏進校園，就有一堆不認識的人跑來跟我打招呼。

而且都是些很像混混流氓的傢伙，自己是不是開始稍微展現出所謂的威嚴呢？

嗯，畢竟別看我這樣，好歹也是一個孩子的爸……只是我還沒有什麼自覺啦。

「早啊～！」

當我正在胡思亂想時，最惡形惡狀的兩個傢伙出現了。

「老大早安喵。」

「菲茲和洛琪希大人也早安的說。」

是莉妮亞和普露塞娜。就算升上最高年級，這兩個傢伙還是沒什麼改變。

莉妮亞一副自以為了不起的態度，普露塞娜則是啃著類似火腿的食物。

「老大居然一大早就帶著兩個女人來上學，過得還真爽喵。」

「而且是拋棄我們以後又帶第二個回來，法克的說。」

「我們今年要畢業了，所以要挑個對象喵。」

「沒錯的說，今年要決鬥，然後找個男人回故鄉的說。」

她們兩個人充滿幹勁，看樣子很羨慕左擁右抱的我。不是羨慕希露菲和洛琪希，而是羨慕身為男性的我，羨慕集團中的老大。這是 New Leader 病的症狀。（註：ニューリーダ病，因為《變形金剛》動畫版裡的天王星總是為了成為狂派新首領而亂來，因此觀眾發明了這個病名嘲諷他，後來也被用來形容所有做出類似行動的角色）

「妳們兩個都要加油喔。」

希露菲笑著說道。她的嘴上功夫有進步，是不是因為自身已有對象才能笑得如此從容呢？她和這兩個人也已經認識很久，可以擺出比較直接坦白的態度。

「真是非常抱歉，看樣子是我插隊了。」

然而洛琪希似乎是按照字面上的意思把她們的發言聽進耳裡，所以對著兩人低頭道歉。

「喵！」

「嗚！」

於是，莉妮亞和普露塞娜立刻慌了起來。

「啊，不是啦，我不是那種意思喵。」

「就是那樣的說，意思是我們的魅力很法克的說，並不是有意講洛琪希大人的壞話的說。」

兩人驚慌失措地謝罪。

雖說洛琪希是必須崇敬的存在，這種反應也是理所當然，但我還是覺得有點不快。

明明正常來說，這兩個傢伙見到洛琪希的感想應該是：「跟這種矮冬瓜相比，我們強多了喵！」或是「魔族真是法克的說！」之類才對。不過要是她們真的講了那種話，我也絕不會輕饒。

「菲茲想必很辛苦，妳要加油喵。」

「對手有點棘手，但我相信菲茲有辦法繼續奮鬥的說。」

兩人賠罪一陣子之後，伸手拍了拍希露菲的肩膀。

「咦？」

「要趕快想辦法懷上第二胎喵。」

「才能確立身為第一的地位的說。」

「什麼地位？」

希露菲思索了一會兒，很快就想通她們的意思，露出困惑的表情。

「那個……魯迪也有確實愛著我喔。」

莉妮亞和普露塞娜做出像是在啜泣的動作。

「嗚嗚，真是堅強喵。」

「讓人想哭的說。菲茲沒什麼存在感，是那種等到再有第三、第四人之後，就會慢慢被趕往角落遭到冷落的類型的說。」

這兩個傢伙實在口無遮攔。我不打算增加第三、第四個人，就算哪天真的又有新老婆，也不會冷落希露菲。

對於獻身幫助自己的希露菲，我完全不打算做出糟蹋她的行為……雖然洛琪希的事可能真的讓她不太舒服啦。

「咦？沒那回事……對吧，魯迪？」

因為被墨鏡擋住，我無法得知希露菲現在是什麼表情。

然而，她的聲音裡透著不安。說不定連內心也感到不安，我必須讓她安心才行。

「當然沒那回事。」

我抱住希露菲。

然後摸著她的背，準備大聲表白自己的愛意。像這種事情，還是要在眾人面前明確發表會比較好吧。

「我深愛著希露菲！」

如此宣告後，周圍揚起一陣熱烈掌聲。

懷裡的希露菲連耳朵都整個紅了。

「那個……魯迪，在學校別這樣啦。」

「明明是妳自己問我的啊。」

「不……不然，你也對洛琪希做同樣的事情吧，好嗎？」

我轉頭一看，發現洛琪希正抬頭望著這邊。

「……不，我並不是那麼……」

可是，她的眼神充滿期待。

我毫無猶豫地伸出左手摟住洛琪希。左手是洛琪希，右手是希露菲。

嗯，太棒了，這就是左擁右抱嗎？

「妳們兩人都是我的摯愛！」

這樣宣告之後，一部分學生發出噓聲。

肯定是米里斯教徒。

沒關係，我和你們信仰不同宗教，也不會干涉你們的主張。

不過，因為引起眾人注目，希露菲滿臉通紅。

「真……真是的，我……我要先去愛麗兒大人那裡了。」

「嗯，午休的時候見，希露菲。」

「還有，在學校裡要叫我菲茲！」

話說起來，好像有這種設定。

已經將近一年沒來學校，自己把這件事給忘了。可是，我覺得希露菲不打扮成男性也沒關係，畢竟不管看在哪個人眼裡，她都是穿著男裝的美女。
不，其實那樣也很標緻動人，所以沒什麼不好啦。
「那麼，我也要去教職員室了。」
目送希露菲跑著遠去後，洛琪希也離開我身邊。
「好的，慢走啊，洛琪希。」
「啊，在學校請稱呼我為老師。」
意思是要我避免公私不分嗎？
我可以理解這要求，不過……洛琪希從今天起就成了女教師嗎？女教師，真是個美妙的名詞，讓我回想起昨晚的行為……不知道體育倉庫可以借用到幾點。
這時，我突然注意到一件事。
「……那個，洛琪希老師。」
「什麼事呢，魯迪烏斯同學？」
洛琪希以正經表情抬頭看向我。
「今天是開學第一天，教師們是不是一大早就要開會？」
「啊！」
她發出察覺到自己粗心犯錯的叫聲，臉色也一片鐵青。

「對……對不起，我有急事要先走一步！」

洛琪希慌慌忙忙地跑往職員室的方向。

看樣子她大概是稍微記錯了時程。不過仔細想想就可以知道，學生和教師當然不可能按照相同的日程來行動。

「好啦，我們也移動吧。」

「喵。」

「一起走的說。」

我帶著狗和貓前往教室，今天有班會。

老婆都離開了還能左擁右抱，看來這陣子桃花運特別旺。

不過，我不會對莉妮亞和普露塞娜出手。哼哼，男人真是辛苦。

「話說起來，我們有聽到傳聞了喵。」

這時，莉妮亞突然豎起耳朵轉向我，眼裡滿是好奇。

「傳聞？」

「對啊喵，說老大碰上強大到讓你失去左手的強敵。」

「噢……」

也對，我去找這兩人時，只有告知自己已經回來和洛琪希將成為教師的消息。

有聽我提到詳細經過的人大概只有札諾巴一個。

是那傢伙走漏了風聲嗎……不，來源也有可能是從艾莉娜麗潔那裡得知詳情的克里夫。

「不愧是老大，居然可以前往魔大陸和七大列強交戰，而且犧牲左手獲得勝利喵！」

「咦！」

她說什麼？七大列強？

這麼恐怖的名詞是從哪裡冒出來的？

「而且，聽說對方還連滾帶爬地狼狽逃走，不愧是老大的說。」

「等等等……等一下。」

這到底是怎麼回事？是什麼內容的傳聞被加了什麼油添了什麼醋才會變成這樣？拜託別亂講好嗎？

要是繼續誇大下去，變成「七大列強之一被魯迪烏斯痛毆」之類的內容那該怎麼辦？

要是傳到七大列強耳裡可就大事不妙了。

例如……萬一被那個排名第二的人（奧爾斯帝德）知道……

「以上是我剛剛想到的老大傳奇喵，只要把這件事大大宣揚出……喵啊啊啊啊啊！」

我抓住莉妮亞的尾巴，毫不留情地用力一扯。

她伸出爪子想攻擊，我靠著魔眼避開。莉妮亞按住尾巴，含著眼淚瞪我。

「你對少女的尾巴做什麼喵！」

我瞪回去。

「別在傳言裡加油添醋還試圖擴散，不然我會拔掉妳這傢伙的尾巴。」

「咦！啊……對……對不起喵。」

這兩個傢伙應該有前科，也就是散播我得了ＥＤ的前科。

算了，那件事可以不計較，畢竟是有憑有據的事實。

然而，這件事另當別論。這傳言對我有害，最壞的結果還會要了我的命，是不好的謠言。

「我們是從札諾巴那裡聽來的說。」

普露塞娜插嘴解釋。

「他說老大和魔術無效的九頭龍交戰，還說什麼如果本王子有跟去，或許師傅就不會失去什麼偉大云云的左手。」

「沒錯喵。可是我們真的覺得很厲害喵。所以啊，想讓更多人知道老大這麼了不起……」

「誰要妳們雞婆。」

的確，自己可能稍微變強了。可是，到頭來我還是一個在關鍵時刻會因為考量不夠周全而失敗的沒用男人。所以我不想獲得那麼高的評價。

「可是，即使我們什麼都不做，只要大家看到老大的左手成了義手，一樣會出現各種謠言的說。」

「是呀喵，就算我們稍微提到別的事情，情況還是不會改變喵。」

「……」

我在這間學校似乎也算名人之一，會出現傳聞只能說是無可奈何。

但是，我希望她們不要扯到七大列強。直到現在，當初慘敗給奧爾斯帝德的情景也還歷歷在目。

「還有什麼樣的傳聞？」

「有好幾個喵。」

我仔細追問，才知道流傳著一堆無憑無據的傳言。例如：「和斯佩路德族大打出手」、「單槍匹馬壓制了百萬魔物」、「成功使出古代魔術，卻因為力量反彈而失去一隻手」等等。

如果是過於荒唐無稽的謠言，通常很快就會平息。

「唔……」

仔細想想，七大列強想必也很習慣這類謠言。

所謂的名人，大抵不管是輸是贏都會形成謠言，如果只不過是在學校裡稍微傳了一陣，或許他們不會在意。

「算了，抱歉拉了妳的尾巴。」

「人族無法理解這種痛苦喵，居然拉了少女的尾巴，實在不可原諒喵。」

「我下次請妳吃魚吧。」

「喵！Lucky！果然偶爾還是要抱怨一下喵！」

「我喜歡吃肉的說。」

我一邊和莉妮亞和普露塞娜閒聊，一邊往教室移動。

班會的情景一如往常。

成員是以我為中心，各自散開坐著的五個人。包括把玩人偶的札諾巴，模仿他的茱麗；拿銼刀磨爪子的莉妮亞，吃肉的普露塞娜；還有攤開書本正在用功的克里夫。雖然多了一個站在後方的金潔，不過她的事情先放著不管吧。

明明離開好一陣子，依然呈現我很熟悉的光景。甚至讓人很難想像再過一年，會有兩個人離開此地。莉妮亞和普露塞娜今年就要畢業了。

「對了，魯迪烏斯。」

這時，埋首書中的克里夫突然抬起頭。

「你是不是也該來我這裡打聲招呼呢？」

他似乎很不滿。說到這事，從回來到今天為止，我一直沒和克里夫見上面。

「很抱歉，克里夫學長。因為我初次去拜訪時，你和艾莉娜麗潔小姐好像在忙，所以沒有打擾。」

「嗚！是嗎……也對，我和麗潔共處了好一陣子。嗯，既然是那樣就沒辦法了，我這邊也有錯。」

克里夫沒有繼續追究。

光是少打了一次招呼，似乎就會讓這附近的人相當介意。愛麗兒也是一樣。

相較之下，冒險者們冷淡隨性得多。

「但是，既然孩子出生了，你還是該來跟我講一聲。我雖然還在修行，至少可以說些祈禱文。」

「……………是啊。」

「噢，抱歉，你不是米里斯教徒所以不需要祈禱文。可是我怎麼覺得你最近是刻意避開我？或許是因為忙著照顧小孩，不過撥空來一趟研究室也不要緊吧？應該起碼有這點時間吧？」

聽他這麼一說，我也覺得或許自己真的是在刻意逃避。

畢竟我有不想見到克里夫的理由。不用說，當然是因為洛琪希的事。我有兩名妻子，而克里夫是米里斯教徒，他恐怕不會給我什麼好臉色。

「還是你有什麼不願意見我的理由？就算真的有那種理由，我無論如何都想聽你親口告訴我。」

今天的克里夫怎麼如此糾纏不休，大概是已經從艾莉娜麗潔那裡得知詳情了吧。

不過，按照艾莉娜麗潔的個性，她大概有幫我稍微說情。

例如：「站在教徒立場會覺得難以原諒，但是寬大原諒魯迪烏斯才能顯出克里夫是個很有器量的人物喔」之類。

當然，我和洛琪希結婚並不需要得到克里夫的允許。

只是如果因為克里夫沒有原諒我而造成彼此失和，說真的也難以接受。

所以這次就乖乖在艾莉娜麗潔的掌上跳舞吧。首先開口認錯，獲得克里夫的原諒。

接著稱頌克里夫的寬宏大量，讓他心情大好。這樣一來，誰都沒有損失。

好，我是個舞者，要邊唱歌邊跳舞然後發出各種叫聲。

「其實是……」

「打擾了。」

我才剛開口，教室門卻突然打開。

兩個人走進教室。

其中一人是平常負責我們特別生班會的教師。

跟在他後面的則是一名外表惹人憐愛的少女。身穿長袍，似乎很睏的發直眼神，帶著些許緊張的冷淡表情。是個感覺無論何時都會拚命努力，讓人不由得想把她緊緊抱住的女孩……其實就是洛琪希啦。

「各位同學，今天要介紹即將接任特別生班級副班導的教師。」

「我是洛琪希·M·格雷拉特。」

洛琪希往前一步，彎腰行禮。

札諾巴等人都目瞪口呆地望著前方兩人，但是班導並沒有理會大家，而是繼續說明。

「洛琪希老師因為種族的特性，外表看起來很年輕，不過實際上已經超過五十歲。聽說她和這班上的同學有關係，因此安排她負責這個班級。目前暫時是副班導，從明年起會正式接手這個班級，也請大家做好心理準備。」

「喵！那參孫老師你呢！」

聽到莉妮亞的問題，班導點了點頭。看樣子這個教師似乎叫作參孫老師。當然，他不是肌肉男也不是男同性戀者，是個沒特色就是最大特色的人物。（註：日本有一本男同志雜誌的刊名就是參孫（Samson））

「我明年就要回故鄉了，因為這個特別生班級裡已經沒有我的親人。」

「話說起來，蓮學姊去哪裡了？」

「我妹妹進入涅里斯公國的魔術騎士團，似乎適應得不錯。只是如果丟著不管，不知道她又會惹出什麼麻煩。」

「原來如此喵。」

我事後才知道，負責這個特別生班級的教師，原本就經常安排和特別生有關聯的人物來擔任。大概是因為有很多特別生都特立獨行。

所以最好是讓有可能駕馭特別生，或是有可能掣肘特別生的人物來擔任班導。

例如目前的班導參孫老師，他的家人是在克里夫入學的那年畢業的某個學姊。

聽說那個學姊是魔法三大國之一的涅里斯公國的王族，擁有卓越的魔術才能。

總而言之，洛琪希和我與札諾巴都有關連，可以算是最合適的人選。
站在前方的洛琪希環視著全班說道：
「雖然之前已經被引見給很多位了，不過還是自介一下。我名叫洛琪希・M・格雷拉特，是那邊的魯迪烏斯・格雷拉特的第二個妻子。彼此立場變成教師對學生後，對應態度可能也必須有所變化，但還是請各位多多指教。」
「……」
克里夫很不高興。
他肯定是想從我嘴裡聽到關於第二個妻子的事情。
然後再裝成什麼事都沒發生的樣子，接納洛琪希的存在。
可是，這個預定計畫被破壞了。
「……那個，克里夫學長。」
「哦？第二個妻子啊……你這人是不是沒有所謂的節操？」
我一搭話，他就開始說教。
「是的，我也覺得自己有點欠缺節操。」
「那一天，我是因為你宣稱只愛希露菲一人才給予祝福的喔。」
「是的，關於這件事，我非常感謝。」
「當然，我知道你不是米里斯教徒，所以也不打算再多批評什麼。不，我反而要祝福你，恭喜了。」

「謝謝。」

克里夫哼了一聲。

「我經常在城裡的教會見到你的妹妹。她說過將來想跟哥哥與希露菲姊姊一樣，和結婚對象成為關係和睦的夫婦。看到你帶著第二個妻子回家，她說了什麼？」

「妹妹非常生氣。」

「我想也是。她幾乎每天都去祈禱你和令尊可以生還，對於你平安歸來這件事本身，我想她應該非常高興吧。」

「不過，她最後還是原諒我了。」

「當然會原諒你啊。畢竟你妹妹會擔心要是反對到底，搞不好會被趕出家門。」

「……我才不會把妹妹趕出家門。」

「當然你不會那樣做。可是，站在弱者立場思考一下就可以明白了吧？失去父親以後，她能倚靠的對象只剩下你一個。所以，你們是不是也該多考慮諾倫的心情？」

「是。」

「增加太多伴侶不是什麼好事，女性可不是收藏品。」

這些話真是逆耳之言。話說回來，今天的克里夫有種氣勢，簡直像個正式的司鐸。

「是……那個，克里夫學長。」

「什麼事，魯迪烏斯？」

這一串對話中提到了自己不知道的事情，因此我開口道謝。

「原來有麻煩到克里夫學長照顧諾倫，實在非常感謝。」

「……………我只是因為在教會裡見到妳妹妹，所以陪她聊聊而已。啊，還有，你們不該讓那麼小的孩子一個人出門。雖說這附近的治安還算不錯，不過只要走進小巷，還是有綁架犯出沒。」

「是，我會銘記於心。」

「很好。看你有在反省，我就原諒你的罪吧。因為米里斯大人非常寬宏大量。」

「是，感激不盡。」

他原諒我了。

果然這也是一種告解嗎？不過，或許我對諾倫的照顧確實有不足之處。從現在開始，我要對她加倍溫柔。

「好啦，看來你們已經談完了，那麼我要宣布聯絡事項——」

克里夫的說教結束之後，參孫老師繼續進行班會。

洛琪希以無地自容的表情站在他身邊。

於是我送了個飛吻過去，她微微一笑，立刻又輕輕喝斥了我一聲。

接下來的日子和之前沒什麼不同。

一如往常，有很多事情要做。例如確認札諾巴和克里夫的情況，協助七星，趁著空檔研究吸收的魔石，還要提筆寫作。

好懷念過去每天只要處理一兩件事情的那陣子。

稍微有點變化的部分，是關於放學後的時間。

以前幫諾倫補習課業的時段，現在改為用來指導劍術。

原本擔心學了劍術會導致成績下滑，但是諾倫表示她在課業方面也會努力，因此我決定先觀察一陣子。畢竟這種事該趁著有幹勁時讓她放手去做。

不過關於這部分，現在先暫且略過不提。

放學後，我會去迎接希露菲和洛琪希，三個人一起回家。

如果希露菲要值夜，就只有和洛琪希結伴。萬一連洛琪希也因為教職員會議尚未結束而走不了，則是一個人回家。

有時候也會和諾倫一起走。

今天是和希露菲兩個人。我牽起她的手，邊聊天邊踏上歸途。

聊天的內容是關於學校的話題。由於來到新學期，學生會似乎也加入了新的成員。

「真希望魯迪也來。」

「我沒有那種時間了。」

我們就這樣說著話，沿路適當地曬著恩愛回家。

「我回來了！」

踏進家門以後，愛夏衝上來抱住我。

「歡迎回家，哥哥。你要先吃飯，先洗澡，還是先．要．我？」

這種台詞是從哪裡學來的？呃，好像是我自己教的？可是我應該沒有對愛夏提過啊，我教導的對象是希露菲。

總之我選了「要我」之後伸手搔她的腋下，愛夏咯咯笑著逃開，然後被莉莉雅巴了腦袋。

鬧了一陣之後，我決定去洗澡。

愛夏的選項裡雖然包括洗澡，實際上浴室卻還沒準備好，晚飯也才做到一半。所以到頭來，只有「要我」這個選項可選。算了，幸好愛夏在白天已經把浴室打掃乾淨，既然只剩下用熱水灌滿浴池的步驟，一瞬間就能完成。

洗澡時，我多半會和某個家人一起洗。

不知不覺之間，這個家已經形成「洗澡時盡量兩人一組」的默契。

真不知道是哪個國家的規矩。算了，其實也沒關係。

今天是和愛夏一起洗。愛夏明明已經十一歲了，卻保持坦率開放，實在有點欠缺羞恥心。

要是和正處於青春期的男孩子聊天，肯定會直接引起對方的誤會。

「愛夏，洗澡時要用毛巾遮住前面。」

「為什麼？」

「這是一種修養。」

「好——」

在端莊知恥方面，我認為愛夏應該效法一下諾倫。

不過呢，妹妹果然是一種美好的存在。當我正在刷洗身體時，愛夏硬擠進我的兩腿中間，要求我幫忙刷背洗頭的模樣實在很可愛。萬一自己會對愛夏起反應，大概已經提出要迎娶第三個老婆，引發新的爭執戰場吧。

換成希露菲或洛琪希做出同樣的行為，我恐怕會瞬間突破忍耐的極限。只是如果換成那兩人，其實打從一開始就不需要忍耐。

不管怎麼樣，這是和妹妹的溫馨交流時間。

我和愛夏一邊幫彼此刷洗身體，同時由她報告今天家裡發生的事情。

例如露西很可愛，在整理庭院時塞妮絲有來幫忙，莉莉雅在窗邊打瞌睡，還有她在院子裡種了新植物等等。

都是一些有的沒的小事。

對了，我已經把要當成種子的米交給愛夏，拜託她如果種得活就麻煩了。

愛夏說等天氣再暖一點會試試看，實在可靠。

我從現在起就滿心期待，相信如天才般優秀的愛夏一定會讓自己吃到米。

洗完澡後，配合洛琪希回來的時間，一家人吃起晚餐。

今天的菜色是燉煮河魚、麵包、豆子和薯類。簡而言之就是一如往常。

希露菲吃完飯後開始給露西餵奶，我目不轉睛地觀察她們。

露西是個安分的孩子，不過食量卻很大，將來是不是會發胖呢？我並不認為希露菲的女兒會過度往橫發展，不過等長大一點，還是讓女兒運動吧，嗯。

在這之後是一段悠閒的放鬆時間。

我會教導愛夏魔術，洛琪希則是回房準備隔天課程。

希露菲今天在哄露西，但有時會進行魔術訓練。

偶爾也會應付一下跑來纏她的犰狳次郎。

順便說一下，次郎好像由愛夏負責照顧。

她把次郎訓練得很好，最近慢慢變成如同看門狗般忠實的僕人。

「那麼我們先告退了，晚安。」

塞妮絲和莉莉雅通常很早休息。

「晚安～」

愛夏也是，學完一段進度後就會去睡覺。

「那麼……希露菲。」

等大家都就寢之後，我會邀請妻子一起回房。

「嘻嘻……」

於是，希露菲露出滿足的笑容，還主動把頭靠了過來。

她應該是睡迷糊了，真可愛。

這時，我注意到被子有一部分掀開，穿著內褲的屁股顯露在外，因此順道也摸了一把。儘管已經生過小孩，希露菲的屁股卻沒有變大。艾莉娜麗潔的身材也保持得很好，長耳族真是厲害的種族。

我一邊胡思亂想，同時幫她拉好被子。

我們最近又開始夜生活，不過要是太快懷上第二胎，希露菲會很辛苦，所以我有自制一點。即使如此，該懷上的時候還是會懷上，那也算是所謂的自然規律。

「嗯……慢走……」

離開房間時，耳邊傳來這句話。嗯，我出門了。

目的地是諾倫的房間。

這陣子的早上，我都和她一起訓練。

諾倫住在家裡時，我們會使用家裡的庭院；住在宿舍時，就由我去學校的中庭跟她會合。

今天諾倫在家。

「諾倫，妳準備好了嗎？」

我敲了敲她的房門，然後直接打開。

「啊，哥──」

「哎呀抱歉。」

諾倫正在換衣服，我趕緊把門再關上。

諾倫的身體還沒發育成熟。雖然尚未成熟跟已經成熟的身體我都喜歡，但是自己不會對妹妹起興奮反應。

一方面有點遺憾，另一方面也鬆了一口氣。這種不帶性欲的愛情果然有種特別的感覺。

可是，一想到妹妹總有一天會成為別人的老婆，內心就會冒出某種昏暗的情緒。

這就是所謂的父親心理嗎？

嗯，這樣也不錯。我是保羅的代理人，將來要負責說出：「我絕不會把諾倫交給你這種來路不明的傢伙！」之類的台詞。

「哥哥真是的，以後敲完門請記得先等我回應。」

我正在思考這些事情，身穿體操服的諾倫拿著木劍走了出來。這套長袖上衣搭配長褲的體操服穿起來一點女人味都沒有，是魔法大學指定的體操服。正好大學的販賣部裡有賣，所以我就買來給她。

這時我偷瞄了一下諾倫的房間，發現保羅的劍被掛在牆上。

如果是生前，會在佛龕附近放上遺照，不過這世界沒有照片。

認真去找或許可以找到能拍下場景的魔道具，然而那種東西並不普及。因此只能像這樣供奉死者的遺物，用來代替佛龕。

「諾倫，我可以進一下妳的房間嗎？」

「咦？可以是可以……」

獲得許可的我踏入房間。

於是，她的香味充滿我的鼻腔。

這是早晨的臥室特有的味道，旁邊還有睡過的凌亂床舖。要是跳到床上用力吸氣，肯定能吸進滿腔的諾倫香味吧。當然我不會真的那樣做。

我站到保羅愛劍的前方，雙手合十。

「父親，我今天也要教導諾倫劍術。請您在旁守護，保佑她不要意外受了重傷。」

說完之後，我低頭行了一禮。

保羅會怎麼回答呢？會說受點傷才能進步嗎？還是會叫我不可以讓諾倫受傷？

轉頭一看，諾倫也跪了下來，以米里斯教的方式握著手祈禱。

在她小小的頭上可以看到可愛的髮旋。

「……」

無論保羅會怎麼說，他已經不在了。現在是我要兄代父職。

所以我必須以自己的方式來好好照顧諾倫，因為只有我能做到這件事。

「好了，我們走吧。」

「是，今天也請多多指教。」

今天也要和諾倫一起練習劍術。

柔軟體操、慢跑、空揮練習。

雖然目的是學習劍術，不過目前全都是基礎訓練。

這幾個月以來，我一直讓諾倫接受全套的基礎訓練。

說是全套，但是和我一樣的訓練內容會壓垮諾倫。

所以，我讓她從大約五分之一的分量開始練習。

諾倫才十一歲，身體尚未發育完全，突然勉強她做太多訓練只會搞壞身體。

至於我自己，會趁著諾倫在院子裡練習空揮時做完重量訓練。

「二十五……二十六……！」

這些訓練很單調，同時也因為過於單純而容易挫折放棄，不過諾倫至今還沒有叫過苦。

這一點讓我感到很高興。

「──五十！」

「好，辛苦了。」

「呼……呼……辛苦了！」

「好，那麼就跟平常一樣去洗掉汗水然後回去吧。」

訓練結束後，我會帶著諾倫去浴室沖洗。

她慢跑時經常跌倒，有時候膝蓋上會有傷口或瘀青。

遇上這種情況時，我會施展治癒魔術。也就是對妹妹的膝蓋使出「痛痛飛走了」的魔法。

順帶一提，諾倫似乎不願意讓我看到她的身體，因此總是穿著內褲和薄襯衫。

大概是正值青春期吧，真想讓那個會瞬間脫光衣服的愛夏來效法一下。

當然，我也有衡量到這部分，所以沖洗時會穿著內褲。

不過，要是我告訴諾倫其實有些男人看到濕掉而變透明的襯衫會很興奮，不知道她會露出何種表情。

雖然有點想看看，但我不會真的開口。萬一多嘴導致她以後再也不肯和我一起沖洗，那不是很寂寞嗎？

而且還有可能會被當成變態。

「今天也只有讓我跑步跟空揮。」

我正在胡思亂想，諾倫嘟起嘴抱怨。

「哥哥什麼時候才要教我劍術？」

「我不是正在教嗎？」

「我是指除了空揮，還有套路動作和劍技招式那些。」

我已經把跑步和空揮的方法傳授給諾倫。

跑步和空揮是鍛鍊體力和肌力的方法。要是少了這兩樣，就算學會套路動作和劍技招式也沒有意義。我是基於這種觀念才會安排諾倫先學這些。

「……嗯……」

經過這幾個月的鍛鍊，諾倫是不是已經培養出一些基礎？

我觀察諾倫的狀況。她還在發育期，體型顯得很瘦弱。只是比起開始訓練前，手臂和雙腳是不是都練出一些肌肉了？雖然還很難算是打好了身體基礎，不過我覺得應該已經達到不會受傷的程度，說不定差不多可以把最基本的套路動作傳授給她了。

「也好，那就從今天放學後開始進入正式課程吧。」

「……！是！」

我們一邊討論，一邊走出浴室。

★★★

來到傍晚時刻，地點是魔法大學校園一角。

我站在第三室外修練場——也就是操場的角落。

為了便於運動，身上穿的是平常使用的運動服。

眼前的人是諾倫。

她和我一樣手拿木劍身穿體操服，臉上是一派認真表情。

周圍還有三三兩兩的人影。

有些是穿著長袍進行自主訓練的學生，有些是單純在散步的學生。

另外也有一些看熱鬧的傢伙，很好奇地觀察我們在這種時間穿著體操服是要做什麼。

不過，就算有觀眾也不成問題。

「諾倫，從今天起要正式進行劍術訓練。」

「是！」

諾倫很有精神地回應。

她的臉上充滿期待，洋溢著想要早點學會劍技的情緒。

儘管只進行了短短幾個月，只有基礎訓練的生活應該讓諾倫感到很難熬吧。

然而，拿起武器戰鬥的行為並不是兒戲。

無論做什麼事，基礎都很重要。

「醜話先說在前頭，我打算嚴格指導妳。」

「是。」

諾倫嚴肅地點了點頭。

「在訓練的過程中，妳可能會討厭我，甚至可能會覺得哥哥是不喜歡自己才故意為難。我就是打算嚴格到這種程度。」

「是。」

「老實說，我也不願意被妳討厭。但是有句話叫『一知半解反誤事』，要是因為自己的指導不夠徹底而害死了妳，我實在沒臉面對天國的父親。」

諾倫欠缺劍術的才能。我知道艾莉絲在十歲時有什麼表現，所以至少諾倫並不具備那種水準的才能。

和一般水準相比的話應該不至於拙劣很多，然而所謂的強弱是一種相對的概念。兩方相戰，強的一方會贏，弱的一方會輸。一旦輸了會丟掉性命，因此不能說輸了也沒關係。

如果諾倫想讓自己能夠打贏大部分對手，必須付出相稱的努力，接受艱苦的訓練，而且還必須下更多的功夫。

「我想將來有一天，妳一定會碰上因為太苦，因為無法順利做好，或是因為被更有才能的其他人超越，所以很想放棄劍術的情況。」

「……」

「我自認可以理解那種心情。不管哪個人放棄了什麼事情，我都不會責備對方。」

「……」

諾倫緊抿著嘴。

看在她的眼裡，我可能是個才華洋溢的超人，大概還認為這種人憑什麼說剛剛那些話吧。沒錯，我現在的身體確實很有才能。

可是，我曾經敗給各種對手，也曾經差點丟掉性命。甚至連保羅的死，也不是不能歸咎於自己太弱。

我想盡全力避免諾倫碰上那種可能危及生命的遭遇。

「但是，我要妳絕對不能放棄劍術。如果妳哪天半途而廢，我就不會再教導妳劍術，也絕對不會讓妳使用父親留下來的劍。」

「……」

「只要妳沒有放棄，我就絕對不會丟下妳不管。」

是不是有點太裝模作樣了？

而且基本上，我自身有做到剛剛說的那些事情嗎？不，雖然我已經放棄在劍術上更加精進，不過每天依舊確實進行訓練，應該沒有寬以待己。

「妳明白了嗎？」

「是！請多多指教！」

諾倫用精力充沛的聲調回應。

她的臉頰泛紅，以幹勁滿滿的表情抬頭看我。

在保羅眼裡，小時候的我是不是也是這種樣子？

如果真是那樣，或許諾倫以後也會離開我身邊，找到其他師傅。

等到諾倫的水準差不多達到名正言順的初級時，或許找基列奴來教她會比較好。

問題是我不知道基列奴目前人在哪裡。

不然就是西方有個被稱為劍聖之地的區域，只要招募時多準備點報酬，說不定會有劍聖等級的人願意過來教諾倫。

「很好。那麼，首先從慢跑開始。」

「咦？不是用到劍的訓練嗎？」

「噢，當然是啊，妳要帶著劍跑步。因為在戰場上，劍可是隨時都不能離身。」

「……」

「回答呢！」

「是！」

今天的訓練內容是跑步、基礎的三種套路動作，還有跟我進行對戰練習。

我想讓諾倫先理解劍術是一種恐怖的東西，是具有威脅性，會帶來疼痛的戰鬥技術。

雖然自己並不打算主張必須感受到痛苦才能真正學會的理論，不過我還是認為，必須從一開始就讓她體會到恐怖和疼痛。

諾倫有可能會哭。

也可能就此一口氣恨透我。

然而，自己依然必須鐵下心。劍術這種東西，只靠著開心練劍來持續下去是不行的。因為如果只有開心，遇上緊急狀況就會束手無策地丟掉性命。

「好，跟著我跑！」

「是！」

儘管有些不安，我還是開始行動。

★ ★ ★

「好，今天到此為止！」

「辛……辛苦了……」

在刺眼的夕陽下，諾倫大口喘氣倒到地上。

「妳要自己抽空反覆練習今天教導的套路動作！不管是早上還是午休，或是我不在的時候都可以！」

「是……是的！」

第一天的訓練成果還算不錯。

我們先跑步，回來之後再開始教導諾倫套路動作。

然後是實際使用木劍的對打練習。在對打的過程中，我會糾正她的腳步運用和姿勢。

如果是前世的劍道，大概必須學習更多東西，但是這個世界沒有那些規矩。

而且進一步來說，幹架這種事情就是「經驗」最能發揮效果。

實際上，我記得保羅從早期就直接把我打趴，基列奴也是把讓我和艾莉絲對戰作為教學重點。

所以，這種做法應該沒錯。

看起來諾倫對於用木劍毆打對手的行為似乎會產生抗拒反應，為了消除這種抗拒感，我首先指示諾倫自由攻擊。至於我這邊則放棄防禦直接承受攻擊，只有避免要害被打中。

看到諾倫因為傳回她手上的感覺而皺起眉頭，我持續擺出「被打也不要緊」的態度。我想臉上的表情也沒有洩了底……大概沒有。

由於這幾個月以來我都讓諾倫確實進行空揮練習，她的攻擊有一定的傷害力道，肯定在我身上留下了不少瘀青。

接下來是對戰練習。

我按照預定狠狠教訓諾倫，然後結束這一天的訓練。

當然，自己有手下留情，不過她的手腳上想必還是會出現大量瘀青。

傷害可愛妹妹的行為真的正確嗎？我滿心這種懷疑。

然而，諾倫直到最後都持續對我揮劍攻擊。她沒有哭，也沒有示弱。

在還有幹勁的時期，不管做什麼都會帶來正面效果。

「怎麼樣，諾倫。痛嗎？」

「……嗯。」

「會覺得很辛苦所以想放棄嗎？」

「…………不，明天……也請繼續指教。」

「很好。」

老實說，我對自己的教法沒有什麼自信。

不過如果把魔術視為一種學問，劍術就是一種運動。我想肯定沒有正確答案，唯有繼續下去才能進步。

「來，我幫妳用治癒魔術治療。」

我讓諾倫坐下，準備對她使出治癒魔術。

萬一在看不到的地方也有瘀青，就麻煩希露菲處理一下吧。

不，今天諾倫應該會回家，也可以一起洗澡然後由我來治療。

自己一邊盤算，同時靠近諾倫幫她脫下上衣，這時突然感到背後有動靜。

「嗯？」

轉頭一看，有幾個男學生正在夕陽下看著這邊。

這些人是什麼時候來的？

我回想了一下，他們搞不好從一開始就來了。原本以為只是些想看熱鬧的路人，不過這群人待了這麼久，或許有什麼別的理由……例如有事找我之類。
「諾倫，妳先去換衣服，然後等我。今天一起回家吧。」
「咦？啊……好，我明白了。」
我迅速治好諾倫的傷，吩咐她快點去更衣室。
接著，我靠近那些男學生……這才發現在場的實際人數超過了兩位數，每個傢伙看起來都一副不會受女生歡迎的樣子，讓我內心湧起一股親近感。
看到我逐步接近，他們送來充滿敵意的視線。
我正面回看，卻有幾個人轉開視線。
雖說自己是已經有兩個老婆的現充，但我並不打算瞧不起他們。
這些傢伙可以說是前世的我，所以啊，沒有必要這麼害怕喔。
「有什麼事嗎？」
聽到我的提問，這些傢伙面面相覷。
他們低聲討論該怎麼辦，還互相推著彼此的背。
不久之後，其中一人站了出來。年齡大概是十八歲左右吧，身高和我差不多，瘦竹竿般的身材給人一種不健康的感覺。眼神有點凶惡，顴骨特別突出，看起來像是個魔術師。要是戴上眼鏡，可能會有點像札諾巴。不過呢，札諾巴總是散發出莫名其妙的自信，這傢伙表現出的卻是自卑感。

他狠狠瞪了我一眼，然後開口說道：

「你為什麼霸凌小諾倫？」

「……啥？」

霸凌？聽到這個讓人不舒服的詞語，我皺起眉頭。

男子雖然因為我的表情而身子一震，卻繼續說了下去。

「小諾倫確實有點遲鈍，也經常失敗。或許她的失敗讓你感到不快，可是，她總是非常拚命。所以你沒有必要把她折磨成那樣吧？」

沒錯沒錯！周圍其他人也跟著附和。

「而且基本上，小諾倫根本沒有拿過劍。結果你卻逼她拿著劍承受那麼嚴格的訓練，再怎麼說都太過分了吧？」

沒錯沒錯！周圍其他人七嘴八舌地大聲同意。

「唔……」

如果直接按照剛才聽到的言論來分析，這些人是不是認為我強逼諾倫拿劍，再假借訓練的名義來發洩心中怨氣？這真是令人遺憾的錯誤推論，不過先前的光景看起來或許挺像是那麼一回事。

畢竟自己的教導方式也不算多高明。

總之，我必須解開這個誤會。

「其實——」

「我們知道你是這學校裡最強的人。可是，如果你要虐待小諾倫，我們也打算為了保護她而戰。」

最前面的男子以充滿決心的語氣如此宣言，這次附和的聲音卻變得很小。

反而還可以聽到有人低聲說著：「不，我並沒有連戰鬥都……」

嗯嗯，像我們這種人啊，即使成群結黨也還是弱者……

……啊，對了。在解開誤會前，必須先確認一件事情才行。

「話說，你們是什麼人啊？」

「咦！」

男子發出走了調的驚訝叫聲，回過頭看向同夥。

然後再轉了過來，一臉困惑地提出反問。

「這問題是想問什麼……？」

「我意思是你們和我妹妹有什麼關係？」

「呃……那個，我們是從小諾倫一年級的時候就開始……因為她看起來很努力……所以我們一直從旁關注……就是那種為她加油的感覺——」

男子吞吞吐吐地回答，周圍的傢伙也紛紛跟著開口解釋。

「我是半年前注意到她——」

「我跟她同學年，還一起實習，有次看到她因為火魔術失敗好幾次——」

「在魔術戰鬥訓練時被教官責罵，眼中噙著淚水的樣子，就不由自主地——」

這些傢伙言詞笨拙，講老半天都沒有重點。

可是，我能夠理解。這些傢伙是在實習或授課中注意到諾倫，看到她挑戰某件事失敗而淚眼汪汪的模樣，因此感到暖心治癒，或是會不露聲色地幫助諾倫一把的集團。

換句話說就是那個——

粉絲同好會(Fan Club)。

話說起來，自己好像聽希露菲提過這件事。

嗯，畢竟諾倫這麼可愛，我可以理解他們的心情。

甚至希望他們能繼續支持我家妹妹。

「原來如此，我明白箇中緣由了。諾倫一直承蒙各位關照，我是她的哥哥，魯迪烏斯・格雷拉特。」

我彎腰深深一鞠躬之後，這些人起了一陣騷動。

他們是諾倫的信徒(follower)。其中有些人可能只要走錯一步就會化為暴徒和跟蹤狂，不過，大部分都是以純粹心情來支持諾倫的人。既然如此，身為哥哥的我也必須表示敬意。

然而，敬意歸敬意，只有誤會無論如何都得解開。

「關於先前的劍術訓練，或許我真的有點太過嚴格。不過，其他方面也就算了，劍術是生死攸關之事——」

我開始說明。

是諾倫本人主動提出想要學習劍術，如果只有半吊子的決心會很危險，而且諾倫必須比別人加倍努力。

他們一開始感到困惑，後來才慢慢理解。

不過，還是有人認為訓練時沒有必要對諾倫下手那麼重。

當然，我並沒有認定自己的做法絕對正確。

總而言之，只要讓他們明白我不是基於私怨就可以了。

繼續說明下去後，粉絲同好會成員都換上認真表情，表示既然是那樣就可以接受。這些人雖然還很年輕，但在這個世界已經是成人了，自然能夠理解戰鬥的嚴酷。

「哥哥，怎麼了？」

這時，諾倫回來了。她在平常的制服上套著一件很像雨衣式斗篷的防寒衣。

「啊啊，是小諾倫！」

「小諾倫！妳今天也好可愛喔！」

「妳辛苦了，小諾倫！」

諾倫一回來，粉絲同好會的眾成員隨即換上讓人噁心的態度。

不過，我也不是無法理解他們的心情。畢竟在制服上套著雨衣式斗篷的諾倫真的很可愛。

這一點毫無疑問，甚至可愛到讓人想給她一片大葉子當雨傘。

「啊……各……各位學長……辛苦了。」

諾倫身子一顫，低頭致意。

不過，她不太願意靠近，看來是感覺到這裡的異樣氣氛。

「哥……哥哥，我有東西忘了拿，要回房間拿一下。請你在校門口等我。」

諾倫以突然想到的態度這樣說了一聲後，轉身往宿舍的方向跑去。

結果卻在半路上跌倒。

「嗚……」

她動作緩慢地爬了起來。

然後回頭看了這邊一下。這一瞬間，可以看到諾倫眼裡似乎有某種會反光的東西。

真是個讓人沒辦法的傻孩子，在身體使用過度後還跑步當然會跌倒啊。

我看回家之後得仔細幫諾倫按摩，以免她的肌肉痠痛太過嚴重。

還要讓她好好泡個澡，藉此消除疲勞感才行。

「……小諾倫真的好可愛啊。」

「看她跑得那麼拚命，小心裙子會走光喔。」

「學校訂出制服時我還認為何必做那種徒勞的事情，現在卻覺得那身衣服很棒。」
「不過，小諾倫跑步的速度很慢。」
「是啊，萬一碰上綁架犯，她可能會逃不掉。」
「要是小諾倫成了奴隸，我會買下她。」
「和小諾倫兩人共處的生活……我好興奮啊……」
嗯，是啊。萬一諾倫成了奴隸，自己也絕對會把她買下。
然後，我會準備大量食物讓她吃得很飽，再看著諾倫那種已經吃飽卻又覺得不能浪費食物而強迫自己繼續吃的焦急困擾表情……
唔！不對不對，不是那樣。
諾倫是我的妹妹，誰會讓她成了奴隸。
萬一諾倫被綁架，我絕對會想盡辦法把她找出來，再徹底擊潰膽敢綁走我妹妹的犯人。
要是諾倫成了奴隸，我也會找到買下她的傢伙，讓對方狠狠受到教訓。
父親，這樣做就對了吧！
「嗯哼！」
「哇！」
我乾咳了一聲，讓那些正在發表各式妄想的粉絲同好會成員恢復正常神智。
「希望各位不要以太過奇怪的眼光看待我家的妹妹。」

「對……對不起。」

「算了，畢竟諾倫這麼可愛，從遠處觀察並私下妄想的行為還算可以接受。」

「是……是這樣嗎？」

可以感覺到這些人都鬆了一口氣。

「不過，要是有人敢實際出手，我絕對不會輕饒。」

「咿！」

我事先警告了一番。雖然這群人裡面沒有那種會胡來的搗蛋小鬼，而且這種組織基本上都禁止偷跑，不過人一旦鑽了牛角尖，會做出什麼還是很難說。

他們也有可能會突然發狂並襲擊諾倫。

「話說起來，同好會的規約有哪些內容？」

「咦？同好會？規約？」

「是啊，根據這個同好會的規約，你們可以和諾倫接觸到什麼程度？」

這是很重要的部分。我想接觸偶像的行動基本上都受到禁止，不過有些時候會允許粉絲可以跟偶像握個手。

在那種場合，應該多少會出現手上沾了什麼奇怪東西的傢伙吧，例如口香糖或海膽之類。

所以我想追加一條：「在握手會前必須把手仔細洗乾淨」的規定。

這是個人想法，問題是……

「粉絲同好會？」
「那是什麼？」
「嗯？」
感覺兩邊在各說各話，他們對粉絲同好會、規約這些名詞也沒什麼反應。如果是正式的粉絲同好會，應該會確實制定規則，難道這些人身為成員卻不清楚這部分嗎？
「等一下，這個團體是由誰負責掌控？」
「掌控……？不，沒有那樣的人……」
「……這是怎麼一回事？請說明一下。」
追問詳情之後，我得知奇妙的事實。
看樣子這個社團並不是由哪個人率先號召組織而成，而是各人目睹諾倫可愛行為後自然聚集，最後成了集團。聽說在集團內，他們連彼此叫什麼都不清楚。
「原來如此。」
這是非常危險的狀況。
一個由欣賞諾倫的不特定多數人士組成的團體。
人一旦成群結黨，就會做出一個人辦不到的行徑。
例如綁架可愛的諾倫，把她帶進自己的房間裡。
而且還會找出藉口，辯稱都是諾倫太可愛的錯。真是豈有此理！

「再這樣下去會發生犯罪事件。」

「犯罪也太誇張了……我們只是……」

「不，絕對沒錯。遲早會有人失控，對諾倫出手。」

聽到我這句話，他們七嘴八舌地吵了起來。

「不可能！」

「我們並不打算對小諾倫出手！」

「我是很喜歡小諾倫，不過是類似把她當成妹妹的那種感覺……」

這傢伙鬼扯什麼，諾倫明明是我妹妹……不，這不是現在的重點。

「我認為必須訂出規則。」

為了防止集團犯罪，絕不能沒有規律。

必須訂出規則，讓成員互相監視。人類是一種只要有了規則就會想去遵守的生物，例如穿相同服裝圍相同圍巾堵在會場飯店外面等待偶像之類。

規則由歷史形成。是在漫長歷史中，根據需要而制定出來的條文。

這個粉絲同好會的歷史尚淺，或許連規矩都還沒有形成。

但是，沒有規矩很危險，會讓諾倫暴露於危險之中。必須趁現在先制定出規則。

要是等出事後才行動就太慢了。

至少，一開始必須由某個人負責訂出基本規則，內容本身沒有那麼複雜嚴謹也沒關係。因為簡單來說，這是一種避免諾倫發生危險的規約。
問題是要由誰來決定。發起人或領導者最為適任，不過這群人沒有領導者。
站在最前面的傢伙肯定是這些人當中最強的一個。那麼，是不是該把領導者的位子交給他，由他來決定規則呢？不，讓欠缺自覺的傢伙擔任領導者不會有什麼好結果。
在場所有人當中，最有自覺的是誰？
在場所有人當中，自覺到最重視諾倫的人又是誰？
這還用問嗎？當然是我。
「好。」
而且，諾倫還是我的妹妹，是我的親人。
換句話說——我就是規範。

★★★

甲龍曆四二五年。
拉諾亞魔法大學裡成立了一個組織。
諾倫．格雷拉特公設粉絲同好會。
總人數多達三十人的這個集團，被認為是對後來的魔法大學帶來巨大影響的組織。

第一任會長的名字並未公開。

——學校的傳言・其之三「龍頭老大一聲令下，至少可以立刻召集到三十個人」——

第四話「是我培育的」

來聊聊愛夏吧。

她過得很好。雖然保羅喪命，塞妮絲成了那種狀況，愛夏還是沒有任何變化，每天都很有精神。

愛夏不會像莉莉雅那樣看著窗外露出憂鬱表情。

也不會像諾倫那樣看著保羅的劍露出辛酸表情。

她會處理家事，白天在院子和自己房間裡培育花草，晚上找我學習魔術還有撒嬌，就像什麼事情都沒發生過。

甚至反而比以前更精力充沛，可以說是家裡最有精神的人。

看起來就像是沒有悼念保羅的意思，讓我忍不住擔心……或許對愛夏來說，父親並不是那麼重要的存在。

不過，諾倫似乎不太記得在布耶納村的往事。

說不定愛夏對保羅跟塞妮絲的事情也已經記憶模糊。

諾倫過了一段家人只剩下保羅的日子，愛夏則是和莉莉雅兩人相依為命的時間比較長。

基於這一點，我也很難開口要求愛夏必須哀悼死者。

如果母親（莉莉雅）還活著帶來的喜悅大於父親（保羅）死去造成的悲傷，其實也沒有什麼關係。

畢竟人生這種東西，比起整天悲痛莫名，快樂活下去反而比較有好處。

★★★

某天早上。

那天我放假，但不巧希露菲和洛琪希都有工作。

所以我打算悠哉待在家裡，同時照顧一下露西。妻子去工作，丈夫卻在休息……這樣說起來會讓我覺得自己有點沒出息，不過適度休息應該才是成熟大人的行動吧。

（只是我目前沒有任何收入……都已經生了孩子，這樣真的好嗎？不，可是，如果把眼光放遠，現在做的事情以後會帶來金錢收益，所以大概算是沒問題？）

想著這些的我首先目送希露菲和洛琪希出門，然後確認露西已經睡著後，才伸了個懶腰，決定去院子裡看看。

這個院子以前整個荒廢，地面也裸露在外。

結果一陣子沒注意，外貌已經改變不少。

首先，院子裡種了三棵葉子在冬天也不會乾枯的樹木。這些樹木好像會在春、夏、秋三季分別開花，不知道是用了什麼方法從哪個地方弄來的東西。

好奇提問之後，才知道好像是委託冒險者公會從森林裡移植過來的。

我本來以為這些樹難以搬運所以要價應該很高，結果因為有札諾巴幫忙，最後只花了護衛的費用。

另外，院子角落有個用磚牆圍起來的區域。

這裡種著我帶回來的稻種。因為我不知道該如何開拓水田，因此採用旱作。目前沒有發生什麼問題，已經長出了莖。看起來雖然順利，但是還無法確定是否能結出稻穗。

愛夏蹲在磚牆內的小規模田地前方。

塞妮絲也坐在她旁邊，真是罕見的光景。

「妳在做什麼？」

「啊，哥哥！我在拔草！」

居然在拔草……又不是昭和時期的漫畫。

這樣想的我探頭一看，結果愛夏真的在努力拔草。

旁邊的塞妮絲也默默地拔著雜草。話說起來，以前在布耶納村時，塞妮絲好像也有像這樣拔草。看來從事園藝活動時，拔草都是無法避免的工作。

「塞妮絲夫人也表示她願意幫忙。」

「……」

「塞妮絲夫人」這個稱呼總讓我覺得有點不太對。

「我說，愛夏。對於母親（塞妮絲），妳直接叫她媽媽也可以喔。」

「不了，媽媽（莉莉雅）說過不可以那樣，還說要尊稱為塞妮絲夫人或夫人才行。」

原來是莉莉雅的吩咐，她的教育真是徹底。不過愛夏本身也沒有把塞妮絲當成母親看待，大概很難真的開口叫媽媽。只是其實在愛夏剛出生那時，塞妮絲對她也有確實扮演好母親的角色。

算了，稱呼只是瑣碎的小事。

「母親（塞妮絲）是從什麼時候開始這樣幫忙？」

「滿久之前喔。一開始媽媽（莉莉雅）也有阻止，但是我來整理庭院時，夫人總是會來幫忙，而且做得比我還好。」

以前在布耶納村時，塞妮絲也很重視院子裡的植物。

所以，她這種行動是不是和那些過去有關呢？

不管怎麼樣，如果這種行為有可能成為讓塞妮絲恢復記憶的契機，我當然不會阻止。

話說回來，兩人並排一起拔草的模樣看起來顯得感情很好。是否代表儘管沒有血緣關係，她們仍舊是母女呢？

「啊，對了，哥哥你今天休息吧？」

我正在思考，愛夏回過頭這樣提問。她的臉頰上沾著泥土。

「嗯，我今天一整天都會待在家裡。」

「既然那樣，我有東西想讓哥哥看看，晚一點請來我的房間。」

「好。」

我抹去愛夏臉上的泥巴，同時點頭回應。

泥巴被擦掉後，愛夏咧嘴一笑。

當然，我有注意到塞妮絲目不轉睛地看著我們的互動。

「我有東西想讓哥哥看看，晚一點請來我的房間」。

這真是相當誘人的台詞。

愛夏是個早熟的孩子。她可能會突然掀起裙子，表示想對我毫無保留地展示一切。

不，不會是那樣。說什麼展示一切，我們已經是會一起洗澡的關係，她哪有可能再讓我看什麼。

不過，看愛夏這麼隨性開放的態度，我實在有點擔心她的將來。是不是該教導一些健康教育方面的知識呢？不，我記得愛夏提過莉莉雅有教。不不，之前學的也有可能是錯誤的知識，我想還是該由自己來指導。

我一邊思索這些問題，同時踏入愛夏的房間。

她剛剛叫我「晚一點」來，但是並沒有指定確切的時間。

所以在她房裡等待也沒關係吧。絕對不是因為我對十一歲女孩的房間有興趣……雖然也不是完全沒有興趣啦。

「嗯，看樣子愛夏有確實打掃。」

她把房間收拾得很乾淨。每個角落都有徹底打掃，整個房間一塵不染，床鋪也鋪得整整齊齊。

隨處可見很有女孩子味的小東西，例如床邊的娃娃。那是二十公分左右的人型娃娃，亮褐色的頭髮，身穿長袍拿著魔杖，看來是個魔術師。

這一帶應該沒有賣這類布偶娃娃，是不是跟行商人買的？

我記得連札諾巴手上也沒有這種東西。

也就是說，這是相當珍貴的物品。該不會是愛夏自己做的吧……不，不可能。

窗邊擺著幾個盆栽。有像是鬱金香的植物，也有類似蘆薈和仙人掌的東西。盆栽有大有小，總共大約有十種。

和諾倫那邊不一樣，是很有女孩氣息的房間。

我打開房間角落的衣櫃，裡面塞著三套女僕服。每一件都有明顯的縫補痕跡，似乎經常穿用。和使用者的年齡相反，全是散發出老手氣勢的制服。

愛夏最近一直長高，這些女僕服遲早會穿不下吧。還是莉莉雅會幫忙修改呢？

這時，我注意到衣櫃角落掛著一套很有女孩子味的可愛服裝。

也就是那種有荷葉邊裝飾的衣服，可能是所謂的決勝用服裝。如果愛夏想讓我看的東西就是這個，這下還真是過意不去……當作沒看到吧。

我關上衣櫃，打開下方的抽屜。

這裡是內褲的群落，塞滿了摺成小方塊的內褲。

要是被喜歡愛夏的人看到，肯定會覺得這裡是世外桃源。

旁邊是襯衫的群落，嗯，仔細觀察後還發現幾件胸罩。雖然年僅十一歲，但發育良好的我家妹妹已經成功裝備胸部裝甲了。

只是，尺寸看起來還只有A罩杯。根據胸部仙人的判斷，愛夏似乎是難得一見的逸才，不過凡事都要從頭開始。

——咚。

「！」

在聽到後方聲音的那瞬間，我首先發動預知眼，再把魔力灌注到雙手上。

然後關上抽屜回過身子伸出手，指向傳出聲音的方位。

「……是誰？」

沒有人，也沒有任何東西。
愛夏和塞妮絲應該還在拔草，莉莉雅大概在準備午餐。
是犰狳次郎嗎？不，次郎被洛琪希騎去學校了，這時間想必在大學的馬廄裡睡午覺。
至於去貝卡利特大陸時購買的馬——松風被寄放在城裡的馬廄，我偶爾會去看看牠的情況，但是松風不太可能自己來到這裡。
難道是露西嗎？不，露西連爬都還不會爬。
那麼，就是別的什麼……例如小偷，或者是想得到小女孩第一件胸罩的變態。
我壓低姿勢警戒四周。
沒看到任何人，這裡也沒有能夠藏身的地方。
可是，我總覺得怪怪的。藉由集中精神而變得更加敏銳的直覺正在訴說著有哪裡不對勁。
難道是看不到的敵人？還是能夠隱身的魔道具？如果是那樣，效果遲早會消失。
「……要比誰撐得久嗎？可以啊。」
我自言自語。如果沒有任何人，只是家裡某個東西發出的聲響，自己就成了個傻瓜。
不，確實有某種存在，我可以感覺到異狀。快仔細觀察，一定有什麼地方和先前不同。
……是那個娃娃嗎？不，不對。
房門沒有開閉，床鋪依舊整齊，天花板乾淨到或許連敲打後也不會落下灰塵。
如此一來，只剩下最後一個嫌疑犯。

就是盆栽。沒錯，盆栽的數量跟先前……沒有不同，看起來沒有增加也沒有減少。然而，我覺得那附近有什麼不太對勁的地方。

「……」

這時，可能是太陽從雲層中露臉，一道強光照向窗邊。

——叩咚，叩咚！

「嗚喔！」

種在最小花盆裡的植物突然開始扭動。

而且還轉動莖部把葉子朝向窗外，像是要讓全身上下都受到陽光照耀。

只要那盆植物做出任何動作，花盆就會跟著晃動，發出叩咚叩咚的聲響。

剛剛聽到的聲音就是這個吧。

「可是……這是啥玩意兒？」

我小心翼翼地用手指戳了一下，那植物立刻扭動枝幹像是嚇了一跳。

接著隨即靠向我的手指，還伸出藤蔓緩緩纏了上來。

我慌忙抽回手指後，植物再度開始日光浴，彷彿剛剛什麼事情都沒發生。

「會動的植物……？」

真是奇怪，難道對它唱歌就會跳舞嗎？

「……」

先不開玩笑了。我對這種植物有印象，至今見過很多次。

這傢伙是……魔木。

★★★

名為魔木的魔物可說是隨處可見，它們是棲息於這世界的代表性魔物。

舉個例子來比喻，魔木在這個世界裡就等於奇幻作品裡的史萊姆。

我曾經旅行過很多地方。魔大陸、米里斯大陸、中央大陸、貝卡利特大陸。

雖然沒去過天大陸，不過這世界的五大陸幾乎都踏遍了。

在我去過的所有大陸上，都存在著名為魔木的魔物。

森林裡幾乎一定會有，連在平地也經常出沒。

雖然魔木是樹的魔物，但外型不一定長得像樹。

例如像是馬鈴薯的石魔木和看似仙人掌的仙人掌魔木，有各式各樣的種類。根據聽來的情報，好像還有能操縱水的長老魔木。

不過，我沒看過這麼小的魔木。

這玩意兒頂多只有十五公分高。要是連根部也計算進去，大概二十公分左右吧。

長著四片葉子和兩根藤蔓，沒有花朵也沒有果實，看起來還是幼苗。

所以我決定把這傢伙暫時稱為「寶寶魔木」。

當然，名字根本無關緊要，只是沒有的話會很不方便。

好啦，問題是……為什麼愛夏的房間裡會栽種著「寶寶魔木」呢？

「這玩意兒是怎麼一回事？」

「就是啊……有一天它突然動了。」

聽到我的叫聲而趕來房內的愛夏面無愧色地回答。

「什麼時候的事？」

「大概是哥哥回來之後沒多久。怎麼樣，很厲害吧？」

她甚至還相當得意。

「嗯，是很厲害。但是，妳為什麼一直沒告訴我？」

「我本來就想告訴哥哥啊！只是哥哥看起來很忙，所以我想再找時間，結果你就先發現了嘛！」

愛夏這樣說完，生氣地鼓起臉頰。這模樣真的很可愛。

不過……原來如此，她今天叫我來，就是想讓我看看這傢伙嗎？

「話說回來，沒想到入手的種子裡居然混著魔木……」

「咦，不對喔，我記得這是在阿斯拉王國拿到的芭緹爾絲種子。」

「咦？是那樣嗎？」

「嗯，這孩子不是長著葉子和藤蔓嗎？再長大一點，應該會開出紫色花朵。」

芭緹爾絲花……我聽說過這名稱，是媚藥的材料。另外好像還可以作為香水的原料，所以阿斯拉王國的部分地區栽種著這種植物。

但是，這種植物為什麼會變成魔木？

「這傢伙是怎麼開始動的？一開始就會動嗎？」

「不，一開始不會動。可是，把它移植到花盆裡面後就突然會動了。」

根據愛夏的說明，她似乎會等種子在花壇裡發芽，培育一陣子之後才移植到花盆裡。接著用花盆照顧一段時間，最後重新種回院子。而且她好像做了各種嘗試，盆栽的外型和植物的種類都各色各樣。

「唔……」

花盆是以前和愛夏一起在雜貨店購買的普通物品。

想來不會是魔力附加品或魔道具之類。

「妳沒有對它做什麼奇怪的事吧？」

「沒有，和其他植物都一樣。土壤是使用哥哥之前做給我的那些，果然比起這附近的土壤，好像還是哥哥製造的土壤比較有營養。」

既然如此，土壤的部分大概也沒問題。畢竟我當初也沒特別想什麼，就只是很普通地用土魔術製造出土壤。

頂多灌注了我對愛夏的愛。

「啊，不過，我偶爾會用剩下的洗澡水來澆盆栽。」

剩下的洗澡水！既然是我不在的時期，那些洗澡水裡主要是融入了希露菲和愛夏的汗水吧。

可能偶爾還會加上七星的汗水。

原來如此，那樣的話長出色咪咪觸手也不奇怪。

不，明明很奇怪，怎麼會有那種事。

「唔唔唔……」

到頭來，原因到底是什麼呢？以普通方式培育普通種子，結果長成了魔物。

這種事情真的有可能發生嗎？如果理由是愛夏拿到的種子裡偶然混入了魔木的種子，感覺還比較可以接受。

魔木會擬態成周圍的環境。或許是在這種過程中，選擇了芭緹爾絲花作為讓自己不會顯得特異的外型……這種推測姑且還算說得通。

「不管怎麼樣，看看要燒掉還是要怎麼做，總之把這東西弄死比較好。」

「咦咦！」

聽到我低聲這樣說完，愛夏發出整個走了調的叫聲。

「為什麼！我好不容易養這麼大了！何必把它燒掉！」

叫聲裡充滿感到難以置信的情緒。
也對，她是為了炫耀而叫我來看，我卻說要燒掉，當然會有這種反應。
「……愛夏，妳自己也很清楚吧？這傢伙是魔木，也就是一種魔物。」
「可是，它還這麼幼小可愛啊！」
「就算現在很小很可愛，長大之後說不定會襲擊人類，還是很危險。」
「我會好好教育它，讓它不會去襲擊人類！」
愛夏抱住我的腰，眼裡盈滿淚水。我差點說出：「那妳要好好照顧，我可不會幫忙」這樣的妥協發言。
但是，這不是小貓小狗，是魔物。
「哥哥，我可以養吧？」
愛夏抬起頭來，看著我提出請求。
「妳裝可愛撒嬌也沒用，拿去丟掉。」
「可是這孩子沒做任何壞事啊！它和其他孩子有和睦相處，也會乖乖聽我的話！」
「別面不改色地說謊，沒有耳朵的魔木怎麼聽妳的話？」
「你看。」
愛夏說完，把手伸向「寶寶魔木」。
於是，「寶寶魔木」用藤蔓纏住愛夏纖細的手指。

手指被纏住的愛夏以像是在搔癢的動作摸了摸葉子的內側，「寶寶魔木」也配合她的動作扭動身體。

這景象真是奇妙，植物竟然會做出跟動物一樣的反應。

「好，放開手指。」

愛夏說完之後，藤蔓乖乖鬆開，移動到她的手掌上。

「小指是哪個？」

雖然有點猶豫，不過藤蔓還是正確纏住愛夏的小指。

「中指呢？」

籐蔓放開小指，纏住中指。

「保持這樣，然後找出大拇指。」

就像是要執行愛夏的命令，依然纏著中指的藤蔓往大拇指的方向延伸過去。

然而長度不夠，最後只有藤蔓前端稍微碰到了大拇指的指尖。

「好，放開吧。」

就像這樣，愛夏和「寶寶魔木」互動了一陣子，最後才轉向我這邊。

「怎麼樣？它真的會聽我的話吧！」

「嗯。」

看起來確實可以溝通，而且好像很聽愛夏的話。

試著調整一下想法吧。

……魔木是魔物。在我的印象中，是一種會擬態成樹木，埋伏起來並伺機襲擊旅人的凶暴魔物。

不過就算都稱為魔物，其中也有些會親近人類。

在魔大陸上乘坐過的蜥蜴和貝卡利特大陸帶回來的犰狳次郎是魔獸，然而據說追溯之後，會發現魔獸和魔物其實出自同源。

如果能夠親近人，這個「寶寶魔木」或許也算是魔獸吧？

論起危險度，感覺體型巨大的次郎反而危險得多。

話雖如此，次郎是專業馴獸師訓練出來的魔獸。

「我擔心這玩意兒有可能半夜勒死妳。」

「芭緹爾絲成長後大概只會變成現在的兩倍大，我想不會有問題。」

「唔，可是啊……」

「要是受傷，到時候我就會聽話丟掉它的！」

「萬一受了重傷造成無可挽回的後果，一切可就太遲了。」

「唔唔……」

聽到這句話，愛夏很不高興地把臉頰整個鼓起。

接著，她睜大雙眼，舉起雙手在胸前交握，以一種惹人憐愛的姿勢抬起眼看向我。

「哥哥……真的怎樣都不行嗎？」

這種一看就知道是在演戲的動作，到底是從哪裡學來的……

雖然我很想追問這件事，不過現在的重點是魔木。

嗯……至少，自己從來沒聽說過有人馴養了魔木。

也不知道這傢伙的習性，更不清楚今後該怎麼教育它。

而且最大的問題是，就算魔木只是小嘍囉等級，依然是危險的魔物。

總覺得只要走錯一步就會釀成重大事故。不過呢，假使這玩意兒真如愛夏所說，頂多只會長到三十公分的話，事故的規模應該不會過於嚴重。

這是愛夏從種子開始培育，讓它發芽成長至今的魔木。如果已經習慣人類，想來也不太可能會造成危害，但是這充其量只是以動物作為對象時的推論。

唔。

「……」

「我明白了，要是哥哥無論如何都不肯同意，我也有自己的辦法。」

當我還在猶豫時，愛夏嘟起嘴說道。

接著像是豁出去一般，她換成雙手抱胸的姿勢，繼續抬著眼瞪向這邊。

「辦法？」

「我會把那件事告訴希露菲姊姊和洛琪希姊姊。」

「那件事？」

自己有什麼不能被她們知道的事情嗎？

看到我不解地歪了歪腦袋，愛夏狂妄地開口放話。

「那個在地下的密室！」

「嗚！」

人都有不可被外人觸碰的禁忌。對我來說，地下室的祭壇就是那種禁忌。

那裡是我會在夜深人靜之後，悄悄拜訪並獻上祈禱的神聖場所。雖說吾神已經陪伴於自己身邊，不過這個和那個是兩碼子事。

俗話說心誠則靈。祈禱這種行為能讓人心靈平靜，幫助我度過充實的每一天。

自己這樣做很多年了，已經成為生活中的一部分。

萬一這個場所被其他人知道，會發生什麼事情？希露菲會怎麼想？洛琪希又會怎麼想？還有莉莉雅……我想她應該可以理解。

至於愛夏，總之目前是當作沒看到，不過諾倫會如何呢？

嗯，我想諾倫絕對會唾棄我。

結果就是祭壇遭到破壞，自己失去生活的一部分。

「愛……愛夏，我這些話都是為了妳好。魔木是危險的魔物，飼養的話可能會讓妳碰上危險。」

「無論哥哥是什麼樣的變態，我都已經不在意了。可是希露菲姊姊和洛琪希姊姊會怎麼想呢？尤其是洛琪希姊姊，要是知道自己那麼久以前的內褲被人像那樣供奉起來，哥哥覺得她會怎麼想～？」

唔唔唔……這傢伙怎麼這樣，我是顧及她的安全才提出忠告……結果居然反遭威脅！

啊啊，可惡……我該怎麼辦才好？怎麼做才是最佳選擇？

當我陷入煩惱的瞬間，背後的房門突然打開。

「那個……我聽到自己的名字，有人找我嗎？」

「咦！」

「咦！」

都嚇了一跳的我和愛夏轉向房門，才發現先前已經目送她外出的洛琪希現在卻一臉詫異地站在門口。

「洛……洛琪希妳怎麼會在這裡……學校怎麼了？」

「我有東西忘了拿所以回來一趟，現在這時間剛好沒有課。」

有東西忘了拿！真符合洛琪希的風格！不，這不是重點。

「那個啊，洛琪希姊姊！哥哥他把洛琪希姊姊妳的……」

我趕緊摀住愛夏的嘴，這下該怎麼辦？

「……」

「…………」

現場陷入沉默，只有寶寶魔木還在窗邊扭來扭去。

洛琪希目不轉睛地盯著它。

……好，總之現在要先讓洛琪希也表示反對。

她想必很清楚魔木的威脅性。

「那是魔木吧。」

「對……對啊，洛琪希。愛夏這傢伙居然說她想栽培魔木！可是魔木畢竟是魔物，應該很危險吧？妳可以也幫我反對幾句嗎？」

愛夏發出唔唔聲，想要掰開我的手。

這個笨蛋，妳的力氣怎麼可能比我大。就算被咬，我也不會放手。

啊！等一下，別舔啊！別一直舔！

「有什麼關係呢。」

意外！洛琪希表示贊成！

「魔木只要確實照料就會親近人類，而且這種尺寸大概不會有什麼危險。」

「咦！是那樣嗎？」

「嗯。雖然在這邊都沒看到，不過米格路德族就有為了驅除田裡的害鳥而飼養魔木。」

真的嗎？米格路德村裡有那種東西嗎？好像有，又好像沒有。

自己有看過嗎……啊，確實有，我記得米格路德村裡種了類似食○花的玩意兒。

是嗎，沒有危險啊。

我放開摀住愛夏嘴巴的手。

「愛夏，是哥哥錯了。」

愛夏用充滿懷疑的眼神看著我，過了一會兒才咧嘴一笑。

「不過，哥哥也是在為我著想吧？」

「嗯，當然嘍。因為飼養魔物很危險嘛，對吧？」

「好吧，那件事我會幫你保持沉默。」

「謝謝妳，愛夏。下次，我們去吃什麼好吃的吧。」

「嗯！」

離開我身邊的愛夏衝向洛琪希，跳起來抱住她。

「我最喜歡姊姊了！」

「……………怎麼回事？」

最後，只剩下洛琪希的困惑表情。

如此這般，「寶寶魔木」加入家中寵物的行列。

當然，我提出幾個飼養它的條件。

一、一旦危害人類就要立即處分。
二、必須確實教育，讓它不會襲擊人類。
三、對於家人，必須仔細說明它是什麼樣的植物。
四、為了以防萬一，不能把它放在嬰兒附近。
雖然我囉哩囉嗦地講了一堆，愛夏還是一一點頭，沒有露出絲毫厭煩表情。
她是個會遵守指示的孩子，我想不會有問題。
順便說一下，這個「寶寶魔木」被命名為「比特」。
就來期待它的成長吧。畢竟將來，它肯定會很優秀地保護好愛夏幫我種在院子裡的稻米。
……話說回來，沒想到愛夏居然能發現那個祭壇。女僕真的不可小覷。

——學校的傳言．其之四「龍頭老大的家中棲息著魔物」——

第五話「具備威嚴的父親」

又過了三個月。
季節來到夏天。積雪已經融化，連續幾天都很乾燥炎熱。

這一年以來，我完全被露西迷倒，只要有空就看著露西。

畢竟她是自己的第一個孩子，疼愛她也是理所當然。

現在，我也待在設置於一樓的嬰兒房裡看著露西。

看著她宛如天使的純真臉孔，臉頰就會不由自主地放鬆，嘴角也不像樣地上揚。

不過，我基本上是支撐這個家的棟梁。儘管沒什麼威嚴，在妻子和妹妹面前還是想表現出帥氣一面。

一旦被認為是個溺愛小孩的父親，帥氣程度就會降低吧。

所以，我想對孩子採取嚴格態度。沒錯，嚴格。

看到剛出生的我時，保羅恐怕也抱著同樣想法。

所謂的父親應該要很偉大，應該要成為孩子的目標。

當初見到保羅時，我覺得他是個沒出息的男人。

不過，現在不一樣了。保羅是偉大的父親，雖然有一些缺點，但是他依然很偉大。

就算女性關係方面有點那個，我自己也沒資格說三道四，應該要專注於保羅偉大的部分。

所以到了現在，我能夠說出這句話：

自己也想成為保羅那樣的人——

「啊——啊嗚——」

噢，不好，露西開始鬧了。希露菲今天不在。

「來，小露西，是爸爸喔，噗嚕噗嚕～」
「呀呀～咿呀！」
啊啊，真可愛。世界上有其他東西和笑著的露西同樣可愛嗎？
如果世上真有天使，肯定就是指這個孩子。
噢，不好，剛剛是在聊所謂父親的威嚴吧。
我個人認為的父親形象，應該是一種既親近卻又遙遠的存在。
平常溫柔地包容孩子，有時候也會嚴厲訓斥。不過一旦出事會挺身而出，保護孩子並提供幫助——就是這種感覺。我想所謂理想的父親，必定是那樣的存在。
嗯？按照這種條件，根本就是保羅嘛。對我來說，保羅是理想的父親嗎？
自己不太想讓孩子覺得我是個沒用的父親。不過正是因為保羅有一些糟糕的地方，我才會對他產生親近感，也有很多地方想向他學習。
而且，雖然看在自己眼裡是個不中用的老爸，可是保羅在諾倫眼中是個好父親。
不然的話，諾倫不可能那麼親近保羅。
總之不管怎麼樣，重視孩子的行為才是——
「啊～啊哇～哇～」
哎呀不好，露西又鬧起來了。
「來，小露西，是爸爸喔，爸爸抱妳起來喔，要乖喔～」

「呀呀～咿呀～咿呀～！」

我抱起露西輕輕搖晃後，她的心情變好了。躺在我經過鍛鍊的強壯手臂中搖啊搖，讓她露出宛如邱比特的笑容。啊啊，真的好可愛。

「我說……魯迪烏斯。」

「什麼事，蘇珊娜小姐？」

這時，奶媽蘇珊娜對哄著露西的我搭話。

她原本是冒險者，也是我的舊識。

「哄大小姐這種事情交給我來就可以了。」

「請不要搶走我的幸福時間。」

自己是在一個人剛投身冒險者這行時認識蘇珊娜，後來彼此將近四年都沒再見面。

結果我家募集奶媽時她卻跑來應徵，讓我吃了一驚。

「算了，既然你自己想做就做吧。」

「有不願意做這些事的男人嗎？」

「我家那口子就不願意做。」

「大概是因為那傢伙欠缺身為父親的自覺吧。」

我還清楚記得和蘇珊娜相遇時的情形。

當時的自己才十二歲。和艾莉絲分手後，為了掩蓋失意而前往北方大地。

隻身到達巴榭蘭特公國邊境城鎮的我解散了隊伍「Dead End」，也因此受到難以言喻的寂寥感侵襲。當時的我為了排解這種寂寥感，打算承接一個人絕對無法達成的委託。

大概多少也是因為有點自暴自棄了。

蘇珊娜的隊伍就是在此時登場。

他們是由兩名戰士，一名弓術師，一名治癒術師，和一名魔術師所組成的五人隊伍。

隊伍層級雖然是B級低階，不過五個人都是老手。

蘇珊娜是個戰士。即使放寬標準，她的劍術實力依然算不上是高手，在B級中也處於後段班。

不過很會照顧別人，是個受到周圍看重的女性。

看到我打算一個人承接委託，蘇珊娜跑來搭話。

記得是問我要不要和他們一起承接那個委託。

我原本表示自己想闖出名號所以一個人處理就好，卻被蘇珊娜以「單打獨鬥根本沒辦法獲得多少名聲」為由而說服，決定和他們聯手。

聽說看到當時的我，蘇珊娜感到很驚訝。因為我看起來一副自棄頹喪的樣子。

而且明明眼神消極委靡，用詞卻很有禮貌，讓她不只驚訝，甚至覺得詭異。

可是，蘇珊娜還是出手幫助我。

在我離開那個城鎮前，她曾經多次找我一起承接委託，也邀請我加入他們成為固定隊友。

雖然我婉拒了蘇珊娜的邀請，不過她有時還是會來關心我有沒有吃飯，然後請我一頓。

現在回想起來，當時各方面都受到她的照顧。實在感謝。

後來，聽說蘇珊娜和身為隊長的魔術師提摩西結婚。

兩人回到提摩西的故鄉夏利亞定居。

現在的蘇珊娜是兩個孩子的母親。只是很遺憾，第三個孩子因為早產，似乎一出生就離開人世。

雖然孩子死了，母親還是會有母乳，而母乳這種東西可以作為商品。

於是蘇珊娜想找找看有沒有哪個人家正好在招募奶媽，卻偶然發現我的名字。

順便說一下，前幾天也見了提摩西一面，他幾乎沒什麼改變。

「……話說回來，你跟以前很不一樣了。」

「真的有差那麼多嗎？」

「那是當然。如果是以前的你，不會對著他人妻子批評對方的丈夫。」

也對。仔細想想，那時候的我異常害怕自己的言行會導致他人不快。

即使到了現在，這種想法也沒有太大變化。只是或許因為經歷過很多事，害怕的感覺已經沒有那麼強烈。

「會讓妳覺得不舒服嗎？」

「不，反而差不多這樣正好。以我來說，這種可以當面開開玩笑的態度也比較好對應。」

大概也該歸功於學校生活吧，我學會了如何拿捏「可以用普通語氣說笑」的距離感。

札諾巴和克里夫都希望我和他們保持那樣的距離感，自己也覺得比較輕鬆。

「還有那種讓人反感的恭敬用詞也可以換掉喔，因為你是我的雇主。」

「這方面就別計較了，畢竟關係再好也該謹守禮儀。」

「是那樣嗎？」

蘇珊娜露出苦笑。

我很感謝她。不管怎麼說，教導我北方大地冒險者應有常識的人就是蘇珊娜，所以不能忘記該有的禮貌。

「算了，我只要能拿到薪水就好。」

「我這邊當然也會記得多添一點。」

蘇珊娜雖然嘴上說什麼只要拿到薪水就好……工作時卻很認真負責。

前世的保母虐待幼兒事件讓我有點不安，不過蘇珊娜對露西的態度就像是在照顧她自己的小孩。

反正莉莉雅或愛夏平常都在家，而且我很清楚蘇珊娜不是會把熟人小孩怎麼樣的人。

「話說起來，令郎最近如何？」

「兩人都很有精神，整天纏著爺爺奶奶。」

聽說蘇珊娜和她先生（提摩西）的雙親住在一起。

這很合理，否則她不可能放下小孩去別人家當奶媽。
和公婆一起生活似乎會碰上各種問題，她常常找莉莉雅訴苦。
莉莉雅其實比較接近婆婆的立場，不過和蘇珊娜同年，聽說兩人頗談得來。
我有時候會看到她們一起喝茶。
「……你也希望第一個孩子是男孩吧？」
「不會啊，為什麼要男孩？」
「才能繼承家業啊。」
「噢。」
孩子出生之後，這個話題出現過好幾次。
札諾巴和愛麗兒也提過同樣的事情，看樣子王族和貴族之類果然很在意小孩的性別。
連阿斯拉王國的地方貴族伯雷亞斯家也是，旁支的男孩必須交給當家養育。
「我又不是貴族或商人，只要孩子能健康長大就夠了。」
而且，女孩子比較可愛。最近家中的男女比例嚴重失衡，但是我對於被可愛女孩包圍的現狀沒有任何不滿。
反正又沒有被蠻不講理地虐待，大家都很尊重我。
「真好，不像我家那口子，從我懷孕時就開始計畫生了男孩以後要這樣要那樣……根本從來沒想過如果生了女孩該怎麼辦。」

「實際上生出來也是男孩，有什麼關係呢。」
「也是啦，不過還是會覺得心情有點複雜，再加上第三個是女孩。」
「噢……真是遺憾……」
萬一露西當初死產……一想像到那情況，我就覺得心驚膽寒。
「不要緊，再生一個就好了。」
不過，蘇珊娜本人倒是很平靜。
有這麼簡單嗎？第一個不行的話就再生第二個？這種事有那麼容易看開嗎？
至少我無法做到，而且希露菲的體質似乎不太容易懷孕。
不光是那樣，以希露菲的個性來說，她一定會比我更失落，還會含著眼淚對我道歉，責怪自身沒有把孩子好好生下來。
嗚喔，光是想像就覺得胃痛。
不想了不想了，那只不過是想像。露西順利出生，希露菲也很健康。
這是現實，不是一場白日夢。這樣不就好了嗎？對現狀感到滿足也是很重要的。
「對了，你們的隊伍解散了吧？」
「是啊，你離開後沒多久就解散了。畢竟憑我們的實力，少了一個成員之後實在很辛苦。
帕特里斯也回阿斯拉王國去了，說是要成為士兵。」
「……莎拉她後來怎麼樣了？」

「你還是會在意嗎？」

「嗯，多少啦。」

莎拉是蘇珊娜他們隊伍裡的弓術師。這世界的冒險者很少使用弓箭，她是相當罕見的存在。莎拉擁有精準射中要害的能力，也具備作為冒險者的充足實力。由於彼此年齡相近，她一開始總是找我麻煩，不過後來建立起相當不錯的交情。

雖然最後因為發現我得了ＥＤ而分手，依然讓人有點掛心。

「那孩子還在這附近當冒險者喔。要把弓箭這種東西練到純熟必須耗費比魔術更多的時間，所以很少人使用，不過那孩子已經懂得訣竅，在哪裡都能生存下去。」

「是這樣嗎？」

「如果你想跟她見面聊聊，最好趁早行動。畢竟冒險者不知何時會失去性命。」

「……不，我這邊沒什麼特別想說的事情。」

自己和她的關係已經結束了。就算真的見了面說上話，也不會發展出什麼後續。

莎拉那邊想必也是一樣，回想起當時的事情恐怕會讓她感到不快。

「是嗎……嗯？」

這時，蘇珊娜把視線投向我身後。

「母親。」

我回頭一看，原來是塞妮絲來了，還有莉莉雅也跟在她後面。

「……」
「打擾了，魯迪烏斯少爺。」
一臉茫然的塞妮絲慢慢走近，在我身旁可以看到露西臉孔的位置坐了下來。
「母親，露西今天也很有精神。」
「……」
塞妮絲一言不發，只是靜靜看著露西。
我覺得塞妮絲來到這個家之後，有變得更積極行動。例如諾倫在的時候會試著和她一起吃飯，愛夏在的時候會試著和她一起拔草。當我在照顧露西的時候，會像這樣過來看看情況。還有對希露菲和洛琪希也會表現出不同的反應。
雖說臉上依舊面無表情也不曾開口說話，不過，她會做出一些行動，也出現一些變化。所以或許，塞妮絲正在一點點慢慢恢復。
「……」
「啊哇～！呀啊～！」
塞妮絲把手伸向露西。
露西笑容滿面地握住她的手。
「小露西最喜歡奶奶了。」
當初，我對塞妮絲接近露西的行為抱著更強烈的戒心。因為我認為現在的她類似所謂的痴呆老人，搞不好會在某種感情變化下出手傷害露西。

然而一切都是自己想太多了。塞妮絲只是靜靜地看著露西，沒有表現出任何負面情緒，反而散發出一種溫柔祖母正在關愛孫女的氣氛。

自己為什麼會擔心塞妮絲傷害露西呢？

況且基本上，塞妮絲根本從來不曾做出任何抓狂失控的行為。

「呀哈～！呀哇～！」

露西或許也明白這一點，和塞妮絲交流時總是面露笑容。

這是祖母和孫女一起營造出的溫馨光景。話雖如此，畢竟無法確定塞妮絲的狀態會如何演變。雖說這副光景會讓人覺得不可能出什麼事，不過既然無法確定，還是該隨時注意狀況。

因為就算不是故意，事故依舊有可能發生。

「……」

這時，塞妮絲突然抬起頭看我。是怎麼了？總覺得她的眼神像是想訴說什麼。

「啊嗚～！啊嗚～！」

接著，露西哭鬧了起來。

「塞妮絲夫人，恕我無禮。」

莉莉雅以輕柔動作把塞妮絲從寶寶身旁拉開。蘇珊娜靠了過來，抱起露西開始安撫她，同時檢查尿布的狀況和背後是不是起了疹子。

檢查完畢之後，蘇珊娜點了點頭。

「嗯，差不多該餵奶了。」

已經是餵奶時間了嗎？希露菲早上有餵過奶，說起來確實過了那麼久。

「那麼我先離開了。」

「你在場也沒關係。」

蘇珊娜雖然這麼說，我還是拒絕了她的提議。

就算是熟人，但別人老婆的胸部可不能亂看。畢竟蘇珊娜擁有不輸給塞妮絲和莉莉雅的上圍，而且或許是因為授乳期，現在更有分量。

一旦看到那種東西，會喚醒我內心的仙人。

萬一莉莉雅把我的反應洩漏出去，或許會讓希露菲和洛琪希感到很消沉。兩人的胸部分量不足是無法否定的事實，然而自己又不是用胸部當擇偶條件。這完全是不必要的擔心。

話說回來，塞妮絲她剛剛……是不是發現露西肚子餓了？

……如果有養育過兩個孩子的經驗，是不是就能看出來呢？

★ ★ ★

離開嬰兒房後，我看向走廊的窗戶，發現外面不巧正在下雨。

很難確認現在的正確時刻，只是既然已經到了餵奶時間，我想差不多正午了吧。

只是照顧了一下露西，就過了這麼長一段時間。不過呢，我完全不覺得這樣很浪費，因為這是最重要的時光。

我走向自己的私室，這間位於一樓的小房間是為了研究而準備的地方。

進入房間後，我坐到訂製的書桌前。桌上放著魔石和研究報告。

這半年以來，自己並不是整天只顧著和妹妹與女兒玩鬧，也有針對那個魔石進行調查。

所謂的那個魔石，就是對付九頭龍時，它那身會吸收魔力，讓我陷入苦戰的鱗片。

乍看之下，這個魔石只是淡綠色的鱗片。要不是略顯透明，外觀看起來根本不像石頭。前往圖書館調查後，我查到了一些情報。

首先，這種魔石的名字好像叫作「吸魔石」。

是魔石多頭龍(Manatite Hydra)體內產生的石頭，據說可以吸收周圍的魔力。

由於魔石多頭龍隨著大陸消滅而一併絕滅，現在這種魔石被視為夢幻魔石。

龍系生物好像經常在體內製造出魔石，這也是其中之一。

還有我的魔杖上使用的魔石，也是海中的大蛇(Serpent)型龍系生物製造出來的東西。

龍之魔石具備各式各樣的效能，基本上大多都和魔力有關。

例如能增強魔力、抑制魔力消耗，或是讓相同的魔力發揮出雙倍的效果等等。既然如此，有這種會反過來吸收魔力的魔石其實也沒什麼好奇怪。

問題是吸收魔力的原理。

如果只是像這樣放著，這個魔石並不會吸收魔力。

要怎麼做才會開始吸收魔力呢？

我抱著這個疑問進行了幾個實驗，沒想到很快就判明了一件事情。

這個魔石有所謂的「正面」和「背面」。從外表難以辨別，然而確實存在。

把手貼在背面上注入魔力，魔石就會吸收正面那邊的魔力。

而且吸收時會發出尖銳的嘰嘰聲。這東西並非自動，而是能夠以手動來切換開或關。如果要找個東西來比喻，有點類似章魚的吸盤。

看樣子那個九頭龍是在看到魔術後才發動魔石，靠著優秀的反射神經讓攻擊自己的魔術化為無效。

一般會覺得怎麼可能做到那種事，不過野生動物擁有比人類優秀許多的動態視力，反應也非常迅速。

進一步實驗之後，我發現這個魔石似乎「並不會吸收魔力」。因為我對自己放出魔術，然後高舉石頭大喊：「就是現在！」並發動魔石，結果耗掉的魔力並沒有補回。

甚至反而可以感覺到又用掉一些魔力，分量等同於發動魔術時必須消耗的魔力。

這部分必須更深入調查才能確定，不過我建立了一個假設。

從反面輸入的魔力是不是會被轉換成「能瞬間分解魔力製造物的振動波」，然後從正面輸出呢？

這種振動波的效果大概和「亂魔（Disturb Magic）」類似，但是分解的等級似乎更高。

當然，光憑這個假設還是無法解釋很多事情。舉例來說，我試著用這種振動波去接觸自己製作的人偶，結果人偶並沒有壞掉。

人偶不會壞掉，岩砲彈卻遭到分解。兩者中間到底有什麼差別？

難道是因為製作後經過一段時間，魔力安定下來之後就不會被破壞嗎？唔……

煩惱也只是白費力氣，畢竟自己連魔力到底是什麼東西都還沒弄清楚。比起詳細原理，現在我想優先考慮該如何使用，還有該如何對應。

思考之後，我決定進行某個實驗。

總覺得只要使用這個魔石，應該可以破壞無法用亂魔對付的東西。

沒錯，比如說「魔法陣」。

我找上克里夫幫忙進行實驗。

結果，畫在地面上的結界魔術連同魔法陣都一併遭到魔石破壞。畫在紙上的卷軸式魔法陣沒有消失，但是換成發動中的卷軸後，似乎就能毫無問題地順利消去。

不過，這個魔石無法消除魔道具內部的魔法陣。或許是因為魔道具的魔法陣並非圖畫，而是採用鏤刻方式。回想起來，九頭龍房間裡的那個魔法陣也是一樣。明明九頭龍在房間裡到處肆虐，魔法陣卻沒有遭到破壞……說不定是沒辦法破壞。

不管怎麼樣，還是先記住「有些東西無法消除」吧。

話雖如此，大多數的東西想來都沒問題。萬一哪天又中了陷阱被關在結界裡，我也能夠自力脫身。當然，重點是行動時就要避免落入被關的下場。不過如此一來，自己以後再也不會被迫住進免費公寓。

總之，我想把魔石組裝到「札里夫義手」的手掌上，並暫時以此形式來運用。魔術的使用和魔石的運用大概很難兼顧，這方面只能多加練習。

「哥哥，有客人前來拜訪。」

我在研究室裡窩了一陣子之後，愛夏一臉正經地前來報告，這是對外用的表情。

「是誰？」

「是札諾巴大人。」

札諾巴啊……不知道他有什麼事。不，也不是說沒事就不能來。

他可能是來玩吧。

「我已經請他在起居室稍等。」

「知道了。」

我一邊隨口回應一邊站了起來。

講到札諾巴，他的研究……關於自動人偶的研究也有進展。

在過程中，他發明了「札里夫義腳」。這個義腳在構造方面似乎和義手相同，我在製作原型時也有出一份力。

由札諾巴繪製設計圖，我做出外型，克里夫刻上魔法陣。

這些作業相當費工，製作一個就要花上將近一個月。

我計畫將來總有一天要把義手和義腳成套出售，然而量產想必是很久以後才能辦到的事。

好啦，手腳的研究結束之後，札諾巴終於開始研究軀體部分。

他謹慎地切開軀體上的接合處，分解內部構造。

於是，據說在接近胸部中央的位置發現了一顆巨大的魔石。

那顆魔石是紅色的，有著類似水晶的漂亮形狀。

不過，實際上那並不是「一顆」魔石。

而是由好幾個表面刻滿魔法陣的小魔石組合而成。

毫無疑問，這就是自動人偶的核心。

只要解析出刻在這個核心上的圖形，就有機會製造出同樣的東西。

然後只要再進一步繼續推展研究，就有機會製造出夢想中的女僕機器人。

話雖如此，札諾巴似乎在此稍微陷入了瓶頸。

因為圖形過於奇怪複雜，而且那本古文書的內容也到處都是但書、警告，還有被斜線劃掉的文字。總而言之，可以看出那個自動人偶的製作者在核心方面的研究其實才進行到半途。

現有的作品是失敗作，也無法確定製作者的目標。

接下來的研究極為困難。

然而札諾巴卻重新下定決心，彷彿這件事正是他的使命。

希望他能好好加油。

「讓你久等了。」

我來到起居室，正坐著喝茶的札諾巴站了起來。

「師傅，不好意思打擾了！」

站在起居室角落待命的茱麗和金潔也配合札諾巴的行動，默默低頭行禮。

「今天有什麼事嗎？」

「因為到了附近，所以過來打聲招呼。」

只是來玩嗎？

「是這樣啊，總之歡迎你們。」

札諾巴難得做這種事，不過我也沒有必要掃他的興。心裡剛下了這個決定，茱麗快步靠了過來。

「Grand Master，這個，做好了。」

她對著我遞出一個人偶。

是我給她出的作業，瑞傑路德人偶的複製品。

「好，做得越來越精細了。妳要按照這種感覺繼續做下去。」

「是！」

茱麗很有精神地對我一鞠躬。

在我外出旅行的期間，茱麗完成了瑞傑路德人偶。

而且成品的水準相當高。

她應該是以我製作的範本作為原型，但是老實說，做得比我還好。

畢竟人偶擺出來的姿勢沒有任何破綻，即使看在外行人眼裡也會覺得非常帥氣。

拿給諾倫看過之後，由於她低聲表示想要，所以我把人偶贈送給她。現在好像被諾倫放在宿舍的櫃子上當擺飾。

由此判斷瑞傑路德人偶很成功的我下令茱麗開始量產。

目前茱麗還需要花上一段時間才能完成一個，不過就算速度不快，也只要一個個做下去就行了。

一方面可以作為鍛鍊魔力的修行，另一方面哪天開始販賣時，庫存多一點也沒有壞處。

「昨天，在學校，遇到諾倫老師。」

「哦？是嗎，妳碰到諾倫啊。她有說什麼嗎？」

「她說了謝謝，所以我也回了謝謝。」

「是嗎是嗎，太好了呢。」

我摸了摸茱麗的頭。雖然她的身子有點緊繃，還是乖乖讓我摸頭。

其實諾倫那邊的書也完成了。即使開始練劍，她依舊沒有拋下寫作。

這本書的內容不長，文筆拙劣粗糙，提到的事件也只有一個——敘述瑞傑路德其實完全是為了主公而戰，結果卻遭到背叛，最後成功復仇，和他的槍有著深厚關聯的那個故事。

不過，故事內容充分傳達出瑞傑路德的為人、頑固、悲哀，以及帥氣的一面。

只要稍作修改，應該就可以作為以年輕人為對象的書籍來販售。

我把這個故事讀給茱麗聽，她讚嘆不已。

而且還要求我多讀幾次，最後讀了整整三次。

要不是金潔出面制止，大概會再讀第四次。

聽說茱麗小時候從來沒有人像這樣讀故事給她聽。

是礦坑族沒有這種文化嗎？他們好像有類似童話的故事，該不會是沒有書籍吧？

還是雙親忙碌到沒有空理會女兒？其實隨便怎樣都好。

因為發生這麼一段插曲，我本來想找機會介紹兩人認識彼此，結果她們自己先見上了面。

被人稱為「老師」，諾倫一定覺得很難為情。

不管怎麼樣，看她們似乎處得不錯，真是再好不過了。畢竟彼此互相肯定是建立良好關係的第一步。

總之，斯佩路德族的形象改善計畫也進行得很順利。

研究和鍛鍊。

目前對於自己能做到的事情，我都有著手去做。如果還想多做些什麼，再怎麼樣都會超過負荷。

雖說集中在某一件事情上專心鍛鍊可能比較好，但我認為自己恐怕無法登峰造極。

前世就是那樣，這輩子大概也不會改變。

總是人上有人。自己在學校裡或許還能夠站上頂點，然而放眼世界，到處都有實力堅強的傢伙。

這世上存在著無法靠努力超越的真正才能。

不過，沒有必要勉強取勝，只要在各種領域裡分出勝負就行了。既然正面戰鬥沒有勝算，只要從側面發動攻擊就行。

……這是我個人的想法，只是，類似九頭龍之戰的事件依然有可能發生。

所以為了因應緊急狀況，自己必須強大到至少能夠保護家人。

雖然我實在不太擅長打架方面。

「對了，札諾巴，你要不要去看看露西？」

「哦哦！師傅的千金！真的可以嗎？」

「也沒有規定說不能看吧。」

「您說得是！不過，本王子忘了是哪一國有種習俗，說小孩子五歲前不能見家人以外的外人。」

「我反而覺得多點人祝福比較好。」

算了，現在還是不要考慮得太複雜吧。

無論何時，都只要把眼前的事情一件一件完成就對了。

每天鍛鍊身體，練習魔術，進行研究，和許多人往來並建立交情……

現在的我，已經付出和前世不可同日而語的努力，人生也很充實。若以自己作為標準，可以說是表現得很好。

沒有必要焦急。要是過於焦急，有可能弄壞身體或心理，甚至無法看清周遭。一旦看不清楚周遭，很有可能一腳踏入陷阱裡。就像和九頭龍戰鬥時那樣。

因此，自己必須腳踏實地，把事情一件一件做好。

不是哪一天才突然開始努力，而是要從平常就付出差不多的努力。

那樣一來，遇上緊急事件時的選項會變多，也能保有餘裕。

好啦，我的下一步該怎麼走呢？現在已經取得義手，研究也有進展；和妻子維持良好關係，妹妹和女兒也都過得很好；金錢方面算是充裕，生活也很安定。所以，接下來就是……

差不多該請洛琪希教導我水王級魔術了。

——學校的傳言．其之五「龍頭老大非常喜歡小孩子」——

第六話「水王級」

魔法大學的某個角落響起帶著引誘性的聲音。

「不行，真的不行啦。」

在被某個學生稱之為體育倉庫的倉庫前方。

一名水藍色頭髮的少女被一名青年抓住了手臂。

「我說……可以吧？老師，拜託妳。」

「不行。」

但是，少女對青年非常冷淡。她嘟起嘴，把臉用力轉開。

即使如此，青年依然繼續糾纏。

「只要一次……一次就好了。」

「不要。請放開我，午休時間快結束了。」

「別這樣說嘛！」

由於青年不肯放手，少女以困擾表情看向周遭。

雖然這裡是體育倉庫前方，不過還是有不少行人。

他們靜靜地避開了少女求助的視線。

這種反應的理由是因為那個青年很恐怖，他是這一帶最有名的惡徒。

周圍的人們都覺得就算過去幫忙，少女的命運依舊不會改變。

不僅如此，說不定連自己也會有什麼悲慘的下場。

這裡並沒有那種充滿勇氣，明知會發生那種事還試圖幫助少女的好漢。

「老師，請妳仔細思考一下，這件事應該對彼此都沒有壞處。確實，現在或許會讓妳覺得有點不快，但是只要把眼光放遠，對雙方肯定都有正面影響。」

「這……的確是……」

「如果老師願意接受這個請求，我也可以接受老師的任何請求喔。」

「嗚嗚……可是……」

青年繼續對猶豫的少女發動攻勢。

他把嘴巴湊到少女的耳邊，放低音量像是在輕聲細語。這個動作讓少女的雙頰迅速泛起紅暈。

「學生會來了！」

她把綁成辮子的長髮扭來扭去，嬌羞地低下頭。

這時，被稱為校內第一美男子的男性來到現場。

戴著太陽眼鏡的白髮少女也跟在他後面一起前來。

「呀——！是路克大人！」

「還有『沉默的菲茲』！」
這兩人是學生會的幹部，路克和菲茲。
「路克大人今天也好帥！」
「請抱我吧——！」
「菲茲學姊最近一口氣變可愛了呢。」
「沒想到她是女性，真是出人意料。」
在眾人的歡呼助威聲中，兩人走到青年和少女的面前。
「有人報案說魯迪烏斯正在對女學生施暴……」
路克重重地嘆了一口氣。他的眼中映出叫作魯迪烏斯的青年，以及名為洛琪希的少女。
少女既不是女學生，魯迪烏斯也沒有施暴。
確認事實之後，他轉過身子沿著原路往回走。
「菲茲，接下來交給妳處理了。」
「…………嗯。」
搔著耳朵的菲茲點頭表示明白。
「唉……」
路克離開後，洛琪希也嘆了口氣。
「女學生嗎？」

「沒辦法，洛琪希老師是教師的事實似乎尚未被大家所熟知。」

魯迪烏斯以一副能夠理解的態度點了點頭。

「嗯？希露菲，妳怎麼了？」

這時，他注意到菲茲臉上掛著不太高興的表情。

她還微微鼓起了一邊的臉頰。

「那個啊……魯迪，就算已經結婚，你也不該強人所難。因為女孩子還是有不願意的時候喔？」

「咦？嗯，這我當然知道。」

「雖說洛琪希老師可能比較高明，但畢竟還有我在……」

菲茲吞吞吐吐地說著。

「……難道……」

魯迪烏斯以充滿感動的表情靠近菲茲，伸手戳了戳她鼓起來的臉頰。

於是菲茲收平鼓起的臉頰，改為鼓起另一邊。

「啊啊！希露菲在吃醋！」

魯迪烏斯將菲茲一把抱進懷裡。

菲茲還算樂意地接受魯迪烏斯的擁抱，不過臉上還是保持發怒的表情。

「才……才不算是吃醋……！」

「妳不必擔心，希露菲，我當然沒有把妳排除在外的意思。」
「咦！意思是說……要三個人一起嗎……？」
魯迪烏斯在菲茲耳邊低聲說道：
「沒錯。由我和妳，兩個人一起向洛琪希請教。」
「呃……是洛琪希要教我們嗎？」
「當然啦，因為她是這方面的權威。」
看到菲茲往自己這裡瞄了一眼，洛琪希使勁把臉轉開。
「我可還沒有答應。」
「別說那種話嘛，希露菲妳也很想學吧？」
「咦……可是……我不好意思啦……」
開始忸怩的菲茲到現在依然被魯迪烏斯繼續抱在懷裡。
她在學校打扮成男性。雖然因為太陽眼鏡而看不清楚表情，不過眼鏡後方其實藏著汪汪淚眼。
「不……不過……如果是為了魯迪……我願意。」
「希露菲！」
滿心感動的魯迪烏斯把臉埋進菲茲的頭髮裡，隨即被柔軟觸感和芬芳香味深深打動，忍不住加強手上力道把她抱得更緊。

這強而有力的手臂讓菲茲如痴如醉，身子一軟像是可以任憑魯迪烏斯擺布。

洛琪希似乎很羨慕地望著眼前這副光景。

對於這樣的洛琪希，魯迪烏斯追擊般地開口發問：

「老師，妳為什麼不肯教導我呢？該不會是討厭我吧？」

看到魯迪烏斯似乎受到了打擊，洛琪希有點畏縮。

「不！沒那回事！我最喜歡魯迪了，也……也很愛你。」

「既然如此，究竟是為什麼呢？」

「就是……一旦把那個傳授給你，我就沒有任何能贏過魯迪的地方……」

「說什麼輸贏呢，洛琪希的存在本身就比我更高階啊！」

「那個啊，魯迪，乾脆趁這個機會講明了吧。我並不是你嘴裡形容的那種了不起人物，只是一個害怕弟子會超越自己的心胸狹隘之人。」

「沒有問題！因為連同那種狹隘的部分在內，我覺得老師的一切都非常美好！」

「況且基本上，為了學會那個，我當初可是花上了好幾個月。可是魯迪和希露菲都比我有才能，感覺你們需要的時間會比我短得多……」

直到這時，菲茲才發現自己似乎誤會了什麼。

她收起陶醉的表情，對著自己的丈夫提問：

「呃……抱歉，魯迪。你們到底在討論什麼事情？」

魯迪烏斯開口回答菲茲的提問。

「噢，我是在拜託洛琪希傳授水王級魔術。」

原來是這麼一回事。

★★★

青春的自行車。

這是指年輕男孩和女孩共乘一輛自行車的行為。

由男孩負責騎車，女孩則是乘客。

女孩會橫坐在行李架上，伸手環住男孩的腰，把身體緊貼著對方或是保持一點距離。

雖然騎車的是男孩，但是自行車的所有者經常是女孩。

還有，這種自行車總是出現在傍晚的河堤上，黃昏的紅色夕陽也會幫忙掩飾兩人微微泛紅的臉頰。

現在的我正處於類似的狀況。雖然日頭還高掛，眼前卻有著希露菲的後頸。

這是只要把鼻子往前湊，就可以充分享受希露菲香甜揪心芬芳的位置。

我的雙手環住希露菲的腰，繞到前方在肚臍附近交握，上半身也整個貼在她身上。

可以用胸口感受到希露菲的噗通心跳。

真是太美妙了。順便說一下，下半身拉開了一點空間。理由應該不必明說吧？

就算對象是妻子，還是要謹守禮儀。

而且，自己在前世時經常聽到那種因為對駕駛中的司機性騷擾，結果引發事故的新聞。所以即使現在是騎馬，還是嚴禁對掌控韁繩的人隨便惡作劇。

「松風是很棒的馬呢。既聽話又溫馴，而且力氣很大。」

希露菲前方傳來講話聲。

我越過希露菲的肩頭往前望，可以看到水藍色的頭部。那是洛琪希，她坐在希露菲前面。

「是啊，這麼優秀的馬匹很少見。」

我們三人感情很好地騎著同一匹馬移動。

最前面是洛琪希，然後依序是希露菲和我。我家最常被丟著不管的寵物——馬匹松風雖然馱著三個人，依然毫不在意地踩著強而有力的步伐前進。

「我記得是金潔小姐幫忙選的吧？那個人選馬的眼光很好。」

「希露菲也很懂馬嗎？」

「咦？不，沒那回事。我只是在阿斯拉王宮裡見過幾匹被稱為最高級的好馬，例如騎士團長的坐騎之類……」

「那些馬一定很優秀呢。」

聽到這句話，松風嘶鳴一聲。

「噢，抱歉，當然松風也很優秀。因為你可是格雷拉特家的馬。」

洛琪希趕緊安撫松風。

這裡的馬能夠聽懂人話嗎？還是洛琪希會說馬的語言？

不，不管是什麼樣的寵物，只要每天對話，至少都會做出回應。

愛夏也是幾乎每天都會找次郎與比特說說話。

「不過……到了這把年紀還坐在前面，真是讓人有點難為情。」

或許是因為害羞臉紅，每次和路人擦肩而過時，洛琪希都會拉下帽子遮住臉孔。坐在持轡駕馬者前方的行為，可能等於在自行車上坐著兒童椅吧。

「要不然，其實我也可以自己騎次郎喔。」

「不行，洛琪希是想用這種藉口逃走吧？」

「我又不是小孩子，不會逃走的。」

我聽著感情很好的妻子們如此對話，同時眺望四周。

我們目前來到郊外。右邊是一條清澈的小河，左邊可以看到空無一物的平原和森林。

即使是北方大地，這個季節也是處處綠意。

先前還有看到薯田和麥田，現在只剩下什麼都沒有的廣闊野地。

我不確定究竟移動了多久，不過看樣子已經來到沒有人煙的地方。

河裡的魚在陽光照耀下反射出熠熠光芒。

這條小河是夏利亞旁邊那條河川的支流。就算不跑這麼遠，說不定天氣好的時候光是前往城鎮附近釣魚就很舒服。

說說而已，其實自己也沒釣過魚。

「既然決定要教，我已經準備要好好地教。」

至於我們為什麼會來到這種地方，是因為洛琪希總算妥協了。對於我三番兩次提出的要求，她最後終於應允。

「我會傳授水王級魔術『雷光(Lightning)』。」

由於洛琪希似乎還是有點不情願，因此我把穿過希露菲腋下的手往前伸，拍了拍洛琪希的肩膀。

話說回來，Lightning 嗎……如果光聽名字，感覺是常見的電擊魔法。

然而仔細想想，這個世界並沒有電擊魔術這種東西。

不僅如此，這還是王級魔術。不知道會是多麼激烈驚人的魔術。

「好，這附近就可以了吧。」

來到某個地點後，洛琪希一翻身跳下馬。

接著把松風拴在一棵樹幹如她大腿般粗的樹上。

看到這一幕，我想起懷念的記憶。自己五歲時，洛琪希曾要我學會水聖級魔術作為畢業考，當時也是像這樣來到郊外，把馬拴在樹上。

「老師，妳還記得卡拉瓦喬嗎？」

「嗯，是保羅先生的馬吧。真讓人懷念……」

洛琪希一邊回答一邊把視線投向遠方。在那之後過了十二年，自己會做的事情也增加不少，終於來到王級魔術這一步……總覺得繞了相當長一段遠路。

對了，那時候的馬差點被閃電打死。幸好被擊中後勉強還剩下一口氣，不過就算是立刻死亡也很正常。洛琪希可能忘了這件事，我想還是先設法預防一下會比較好吧。

「這次沒問題嗎？」

「沒問題。不過，松風要是感冒就不好了，請用土堡（Earth Fortress）把牠圍起來。」

「明白。」

我按照洛琪希的指示，用土堡圍住松風。

松風沒有抵抗，乖乖躲進土製的圓頂堡壘中。

「那個，我是不是該離遠一點？」

「不，沒關係。」

希露菲和洛琪希一邊討論一邊穿上雨具。

聖級那時被淋成了落湯雞，所以知道會下雨的我們帶來了事先準備好的雨具。當然，我自己也有一套。

「準備好了嗎？」

「是。」
「可以了。」
洛琪希點了點頭，指向遠處的樹木。
那是一棵巨大的樹木。明明距離遙遠，也可以看出樹幹粗得驚人。
「我會以那棵樹為目標。因為只能使用一次，請仔細看清楚。」
「是。」
洛琪希聽到我的回應後點點頭，然後做了個深呼吸。
「吸——吐——」
她握緊魔杖，閉上眼睛開始集中精神。
和平常不同，事前的準備時間很長。傳授聖級時動手得很乾脆，是王級特別不一樣嗎？
「呼……」
如果使用魔力眼觀察現在的洛琪希，或許會看到冉冉上升的魔力。
過了一會，洛琪希才喃喃開口說道：
「那麼，我要開始了。」
她把魔杖刺向地面。
然後用左手握著杖柄，右手覆蓋在魔石的上方。
然後，像是一個字一個字確認般地慢慢詠唱起咒語。

「雄偉的水之精靈，登上天空的雷帝之王子啊！實現我的願望，帶來凶暴的恩惠，讓矮小的存在見識您的力量！以神之鐵鎚敲擊鐵砧，顯現您的可畏，讓洪水淹沒整片大地！」

詠唱到一半，我發現一件事。這是……

「啊，雨啊！沖垮一切，驅逐所有事物吧！」

整片天空突然烏雲密布，迅速轉為漆黑。同時，現場下起傾盆大雨。

從側面吹來的狂風吹襲肆虐，瞬間讓我的長袍整個溼透。

空中到處都是閃電，感覺隨時會化為落雷。

但是，這只是——水聖級的攻擊魔術「豪雷積雨雲（Cumulonimbus）」。

「雄偉的光之精靈，支配天空的雷帝啊！」

這種想法才閃過腦內，洛琪希繼續詠唱。

「您是否看見屹立之者！那是傲慢的雷帝之敵！吾欲手持神聖之劍，化為一擊打倒仇敵之人！將以光輝閃耀之力，展現雷帝之威儀！」

每詠唱一節，空中的雲層就縮小一圈。

漆黑的烏雲全都集中到一個點上。被壓縮的雲團翻攪扭動，劈劈啪啪地閃出光芒。最後，烏雲縮小成只有一顆豆子般大……

「『雷光』！」

出現一道光柱。眼前的景象只能這樣形容。

從被壓縮的烏雲裡，射出一道通往地面的光柱。

那是閃電。

劈啪轟隆隆隆隆隆！

一拍過後，轟然巨聲響起。眼角餘光可以看到希露菲皺著眉頭摀住兩耳。

至於我自己，只能愣愣望著這驚人的光景。

「……」

一句話都說不出來。

我完全啞口無言，用力嚥下口水。不知何時握緊的拳頭正在不斷顫抖。

轟鳴過後，什麼都沒有留下。不管是覆蓋住整片天空的漆黑烏雲，或是簡直要洗去地上一切的傾盆大雨，還有宛如白晝般明亮的閃電……甚至是遠處的那棵巨大樹木。

全都消失不見了。

天空只剩下一片晴朗藍天。

地面只剩下大雨過後的潮濕土地。

原本長著那棵大樹的地點，只能看到如同黑點的焦炭。

「啊……」

這時，洛琪希身子一軟。她放開魔杖，整個人倒向地面。

我立刻抱住了她。

「妳還好嗎？」

「幸好有成功。因為以我的魔力，就算借助魔杖也只能使用一次就達到極限……比起我的事，你有看清楚『雷光』嗎？」

「是，老師。」

我看到了，確實看得很清楚。詠唱的咒語也一字一句都記住了。

「你能做到嗎？」

「我試試看！」

我把洛琪希交給希露菲照顧，握緊自己的魔杖。

傲慢水龍王，從十歲起就和我同甘共苦的搭檔。

我想，沒有魔杖大概也能成功……不過，我還是舉起魔杖。

一邊在腦中回想著先前的光景，同時對著天空放聲大喊。

「雄偉的水之精靈，登上天空的雷帝之王子啊！實現我的願望，帶來凶暴的恩惠，讓矮小的存在見識您的力量！以神之鐵鎚敲擊鐵砧，顯現您的可畏，讓洪水淹沒整片大地！啊，雨啊！沖垮一切，驅逐所有事物吧！」

可以感覺到驚人的魔力從手掌傳向魔杖，然後竄上天空。

天空出現雷雲，魔力奔騰翻滾。這時只要詠唱出「豪雷積雨雲」就能完成魔術。

然而，我不會完成魔術……不，原來是這樣。要是在這裡讓魔術完成，恐怕就無法進行那種壓縮。要在魔力尚未安定的情況下，推進到下一階段才行。

「雄偉的光之精靈，支配天空的雷帝啊！您是否看見屹立之者！那是傲慢的雷帝之敵！吾欲手持神聖之劍，化為一擊打倒仇敵之人！將以光輝閃耀之力，展現雷帝之威儀！」

每詠唱出一個字，都可以感覺到魔力變得更加狂暴。我強行抑制魔力，拚命地壓縮集中。

這是一種需要蠻勁的招式，必須以力量來駕馭的魔術。

至今為止，我從來沒碰過必須強行控制到這種程度的魔術。

不，不對，自己曾經碰過。我還記得這種感覺，和提昇岩砲彈威力時的感覺很相近。

剛想通這一點，魔力控制突然變輕鬆了。

「『雷光』！」

完成詠唱的瞬間，我感覺到壓縮魔力的正下方開了一個洞。

魔力從那個洞突破而出。

劈啪轟隆隆隆隆隆！

……出現了，發出轟然巨響的閃電往下擊落。

我沒有設定目標物，不過，閃電確實擊中我瞄準的地點。

「……」

然後，同樣什麼都沒有留下。

天空裡看不到烏雲，只有一整片美麗的藍天。

地面被大雨淋濕，雨具上到處都是水滴。

強光在眼中留下殘影，轟鳴讓耳朵還在嗡嗡作響。

我成功了。

「…………好厲害。」

後方傳來希露菲的驚嘆。

我成為了水王級魔術師。

★★★

「總覺得有點不甘心。」

啟程回家時，希露菲這樣說道。

在我成功之後，希露菲也跟著挑戰。

她失敗了一次，然後成功使出水聖級魔術「豪雷積雨雲」。

但是，沒能進一步用出「雷光」。希露菲挑戰失敗，也耗盡了魔力。似乎是因為壓縮魔力的部分過於困難。自己之所以能成功，大概是因為平常就用這種方式控制魔力吧。

希露菲是個懂得掌握訣竅的人，我想只要再努力幾次就能做到。

「就算是我，五次也會失敗一次喔。」

洛琪希這樣安慰希露菲。雖然我簡簡單單就成功，不過希露菲的失敗保住了洛琪希的面子……應該有保住吧。

只是這次比較後可以發現，看來希露菲的魔力比洛琪希多。明明洛琪希的魔力總量也絕對不算少。

「可是魯迪一次就成功了，果然很厲害。」

「是啊。其實我有料想到會那樣，可是實際看到他輕描淡寫地成功，還是有點鬱悶。」

「……」

我不知道該對她們兩人說什麼。

自己確實從兩三歲時開始使用魔術，努力增加魔力總量至今。

然而能增加到這種程度，想必是因為我擁有特異體質。雖然有努力，但也算是開了外掛。

所以，真的不知道究竟該說什麼才好。

不管怎麼樣，護送兩個已經累得精疲力竭的妻子安然返家也包含在工作範圍之內。

到家之後，再幫她們按摩肩膀吧。今天不做那檔子事了，畢竟真的很辛苦。

「啊，魯迪。你看，好美的夕陽。」

我依言望向西方的天空，只見大紅色的夕陽正在逐漸西沉。

這種大自然之美，無論在哪個世界都沒有什麼不同。

「嗯，很美。」

這種時候是不是該說「可是妳更美」呢？

「呼……」

希露菲大概也累了，身體稍微靠到我身上。

大概在太陽完全下山之前就能到家，不過還是要提高警覺。

畢竟現在她們兩人都無法使用魔術。萬一碰上魔物，自己得負責解決。好好警戒周遭吧。

「……最近，我有時候會覺得自己是不是在作夢。」

這時，洛琪希突然開口。希露菲不解地歪了歪腦袋。

「作夢？」

「嗯。我會懷疑自己是不是還困在迷宮裡，只是臨死前作了幸福的美夢。」

我警戒著周圍，不是很認真地聽著兩人的對話。

她們用疲憊的語調開始慢慢交談。

「這半年以來，自己變得相當幸福。不但結了婚，也順利當上教師。或許希露菲會覺得我是個礙事的存在，但是能像這樣三個人一起騎馬，我覺得非常開心。」

聽到「礙事的存在」時，希露菲的身體震了一下。

「不，別說什麼礙事……完全沒那回事。我這邊也一樣，很高興能和洛琪希好好相處。因為如果要爭奪魯迪，我想自己大概沒有勝算。」

因為希露菲的聲音聽起來很沒有自信，所以我稍微用力抱緊她。

她一隻手放開韁繩，摸了摸我的手，就像是在表達她明白我的意思。

「其實我只是運氣好而已。小時候就遇到魯迪，長大後又剛好在魯迪陷入嚴重困擾時和他重逢。如果不是那樣，對於我這種人，魯迪一定連看都不會看一眼。」

「我想沒有那種事……」

「而且基本上，要是沒有認識魯迪，我現在肯定不會在這裡。」

「這是什麼意思？」

「多虧有魯迪的教導，我才能靠著魔術活到現在。」

接下來，希露菲敘述了和我各奔東西之後，直至今日的半生經歷。

她不幸被轉移到阿斯拉王宮的上空，驅使魔術之後總算成功降落。不過或許是因為過於害怕，也可能是因為魔力損耗過度，她的頭髮整個變白。

一方面是因為獲得愛麗兒的青睞，一方面是能夠使用無詠唱魔術的能力受到器重，希露菲並沒有被趕出王宮。

當愛麗兒在政爭中落敗遭到幾十名刺客襲擊時，希露菲成功以護衛術師的身分擊潰敵人。

所以她認為自己能存活至今，全都要歸功於我教導的魔術。

「擔任愛麗兒大人的護衛時，我曾經有好幾次都覺得……要是不會魔術，說不定自己現在已經成了奴隸。」

如果換成是我在小時候沒有碰上洛琪希和希露菲，後來會走上什麼樣的不同人生呢？

至少……假如沒有認識洛琪希，我大概還是個家裡蹲。

要是在不曾外出也沒有碰到希露菲的狀況下發生轉移事件，我能在魔大陸活下去嗎？

沒有遇上希露菲的話，起碼不會被送去要塞都市羅亞吧。那樣一來，我就不會認識艾莉絲和基列奴。不過，有可能會去上學。因為不管怎麼樣，當時自己在魔術上已經遭遇瓶頸，所以說不定還是會提出想去拉諾亞魔法大學的要求。

既然狀況不同，或許保羅會直接答應，不會要求我必須等到十二歲。

但是，希露菲不會在學校裡，甚至再怎麼等也不會出現。

搞不好自己會和莉妮亞與普露塞娜成為同年級的學生，經過很多事情後當上她們的戀人，然後一畢業就前往大森林，以獸族身分活下去。

不，在那之前會先發生轉移事件，所以我可能會回到阿斯拉。

不管怎麼樣，自己想必會走上完全不同的人生。

只是，我總覺得還是會在某處遇上希露菲，最後像這樣共結連理。

也就是所謂ＳＦ作品裡的因果關係。

還可以稱之為命運，Destiny。

「遇上魯迪之後，我的人生改變了……當然，我自認也有以自己的方式努力至今，不過更關鍵的還是運氣。所以，既然促使魯迪的人生轉往好方向發展的人對魯迪有好感，魯迪也對那樣的人有好感，卻說什麼因為有我在而想要退讓……我不願意看到那種事情，或者該說只不過是運氣好的我根本沒資格那樣要求……總之我沒辦法好好說明。」

「不，我明白妳的意思了。知道妳願意把我當成那樣的人，我現在非常高興。」

我無法得知坐在前方的洛琪希現在是什麼表情。

不過，我看得到她的肩膀正在微微顫抖。

所以我把手伸長，一口氣抱住希露菲和洛琪希兩人。

「魯迪……」

如果是在前世，從自己表示要接受洛琪希的那一刻起，大概就會和希露菲分手。正因為希露菲願意包容，才能有現在的幸福狀況。

好運的人其實是我。

這樣的我就算用嘴巴宣言會保護她們或是會重視她們，聽起來也只是欠缺真心的表面話吧。

今後，自己只能用行動來證明。

於是，我們在暮色中踏上回家的歸途。

到家之後，我總結了一下關於水王級攻擊魔術的要點。

「雷光」。

這個魔術的原理很簡單。在空中展開大量魔力，然後進行壓縮，擊向指定的場所。

製造出雷雲，讓閃電劈落。就只是這樣。

如此想來，「豪雷積雨雲」和「雷光」可以說是成套的魔術。

在至今的魔術中，「雷光」擁有居於首位的威力。畢竟是把我知道的最耗魔力魔術「豪雷積雨雲」的能量集中到一點上，這也是理所當然的結果。

說不定威力甚至能超越蓄力到最高值的岩砲彈。

只要使用這個力量，肯定連回到未來都能辦到，這可是迪○倫飛天車……先不開玩笑了。

（註：電影《回到未來》裡面的時光車是用迪羅倫跑車改造而成）

雖然名字叫作「雷光」，不過這個魔術的神髓在於「把魔力壓縮集中」的步驟。說不定其他王級魔術也可以基於相同原理來操控。不管怎麼樣，自己只要詠唱過一次咒語，以後就能夠以無詠唱方式來再次使用。

下次應該能配合「豪雷積雨雲」，在極短時間內就形成閃電。只是雖然我還是會練習，但大概沒什麼機會用到這個魔術吧。

因為如果單純只是要攻擊一個敵人，其實用岩砲彈就夠了。

「雷光」的殺傷力過度強大，能不能讓威力稍微減弱呢？

我抱著這種想法進行各種實驗後，偶然成功製造出電流。

只要以無詠唱方式製造出小型的「豪雷積雨雲」，壓縮後朝著指定地點放出「雷光」，就會有電流擊出。而且或許是因為電壓較低，明明是在放電，威力卻沒那麼高。

我並不明白其中的運作原理，不過這樣正合我意。

然而就算威力較低，一旦在自身附近使用，還是會慘遭波及而觸電。

只是並不致死，頂多是一段時間以內會麻痺到無法起身的程度。

因為這類攻擊魔術會波及到自身，實在太危險而無法派上用場。

不過，還是多練習一下吧。如果想讓對手無力抵抗，這是不錯的技能。

畢竟電流會擊向物體所以難以迴避，而且用電流來麻痺神經的攻擊說不定對那種身上纏有鬥氣的對手也有效。目前沒有實驗對象，等到巴迪岡迪回來，再拜託他讓我試試吧。

這招或許能成為關鍵場面的王牌。

順便說一下，這個魔術雖然是小型的「雷光」，不過為了區別，我另外命名為「電擊（Electric）」。

真是學到了一個好魔術。

——學校的傳言．其之六「龍頭老大是個怪咖（Eccentric）」——

第七話「婚禮儀式」

成為水王級魔術師的那天晚上，我原本打算自己一個人睡覺。

因為洛琪希和希露菲都很累了，根本不可能醞釀出那種氣氛。

我雖然也有點累，不過要是和她們睡在同一張床上肯定會無法自制，因此我們決定分房睡覺。

愛夏知道這件事後，提出想和哥哥一起睡的要求。

這種事情經常發生。我不會主動找她，但是愛夏要求時也不曾拒絕。所以，我答應她今天可以來和我一起睡。

當然，我沒有對愛夏做出糟糕行為的計畫。

這時或許是自己多心，總覺得今天剛好回家的諾倫露出羨慕的表情。

然而以諾倫的個性來看，就算找她一起來也肯定會遭到拒絕。

雖然心裡這麼想，不過考慮到已經答應愛夏，我還是抱著碰了釘子也沒關係的心態，開口邀請諾倫。

結果不知道為什麼，諾倫居然答應，最後我們三個人形成川字一起躺在床上。

我的右邊是愛夏，左邊是諾倫。兩人都枕著我的手臂靜靜沉睡。

愛夏也就算了，諾倫為什麼會答應啊？

即使看著她的睡臉，我還是無法想像。說不定諾倫是在以她自己的方式來告訴我，她已經承認我夠格兄代父職。

也就是在表示：「我在你身邊可以安穩熟睡喔」……大概是這麼一回事吧。

儘管自己處於雙臂張開無法動彈的狀態，心裡還是充滿幸福感。

有種原先不足的部分終於被補上的感覺，這就是所謂的必須有兩片翅膀才能飛起來的道理嗎？

思考到這邊，一道電流突然竄過我的大腦。

「我想找希露菲和洛琪希一起『三人行』」。

惡魔在耳邊低語。欲望之蛇抬起頭來，不斷吞吐著讓人厭惡的舌頭。

這是不該繼續深入思考的事情，也就是所謂的３Ｐ。其實，我從以前就有興趣。

然而一旦真的要開口拜託她們，果然還是難以啟齒。我說過自己兩個人都愛，但是希露菲和洛琪希想必都認為……那方面的行為當然是一對一進行。

被拒絕還無所謂。

只是我會擔心……萬一把這種微不足道的欲望說出口後反而打壞了彼此關係，到時候該怎麼辦？

而且，我並不是對目前的狀態有所不滿。自己能夠和近年罕見的兩個美少女輪流滾床單。

其中一位還幫我生了女兒，怎麼可能還有什麼不滿？

不過，我還是很想試試看同時進行，畢竟她們兩個人的類型不同。

希露菲很順從，不管我說什麼都願意聽。

要求希露菲做什麼時，她會害羞地點頭答應。我主動想做什麼時，她會害怕地閉上眼睛但不會厭惡抵抗。話雖如此，希露菲也不是像死魚一樣躺著不動，而是反應良好，總是一邊嬌喘一邊拚命攀住我。

一切都是為了我，真是讓人滿心憐愛。

相較之下，洛琪希是技巧派。

她總是使用從師傅艾莉娜麗潔那裡學來的知識，試圖提昇自己的技能。

要求洛琪希做什麼時，她會思考該怎麼做會更好。我主動想做什麼時，她會提出其他建議並徵詢我的意願。儘管體格差距導致彼此的契合度並不是那麼好，然而洛琪希會付出足以彌補那些的努力和工夫。

一切都是為了我，真是讓人滿心憐愛。

希露菲是被動接受的類型。

洛琪希是主動鑽研的類型。

我無意評論哪個好哪個壞。

就算這種關係久了之後，自己感情的比例開始傾向其中一邊，我也不打算糟蹋另外一邊。

我會努力平等對待她們。

沒錯，平等。想要同時享受在我心中處於平等地位的兩人，真的是那麼要不得的行為嗎？

不，應該沒有什麼不妥才對。基於男人與生俱來的本性，總是會產生至少要試個一次的念頭。畢竟男人是忠於欲望的狼。

不過，自己不會真的開口要求。讓過度的欲望只是在心裡想想就獲得滿足，是建立圓滿人際關係的訣竅。所以直到最近，我都不曾把這種欲望說出口。

而且，我還認為今後一定也不會說出口。

隔天，我拜訪克里夫的研究室。

克里夫在研究魔道具，目的是要打消詛咒。

他說過我隨時可以前來，不過我每次來到研究室前面，都會先豎起耳朵仔細傾聽。因為根據裡面傳出來的聲音，有時候必須識相地迴避。

確定今天沒有問題之後，我敲了敲門。

「請進，門沒鎖。」

走進室內後，我發現艾莉娜麗潔正坐在研究室的窗邊。

她撐著臉頰望向窗外，豪華的捲髮垂在肩上。

還是老樣子，沒開口的時候總美得像一幅畫。但是呢，反正她腦袋裡肯定思考著什麼粉紅色的妄想。
「今天只有妳一個人在？」
「嗯。」
克里夫很忙，忙到最近無暇顧及自身的研究。之前聽他說預定要利用吸魔石來改良現有的魔道具，然而這幾個月以來都沒有進展。
「克里夫他今天也去準備婚禮了。」
沒錯，克里夫和艾莉娜麗潔要結婚了。
「我跟克里夫說自己也想幫忙，他卻堅持一個人準備。」
「這部分牽涉到男人的堅持，請妳原諒他吧。」
我和艾莉娜麗潔啟程前往貝卡利特大陸前，克里夫說過等她回來就結婚。
不過我們回來時，克里夫什麼都還沒有準備。
這也無可厚非，因為原本預定花上兩年，結果卻只用了半年。要是他已經做好萬全準備等著新娘回來反而很奇怪。
但是，克里夫是個信守承諾的男人。他展現出驚人的頑強，短短這幾個月內就做好準備。找到房子，購買家具，打好生活上不可或缺的基礎。
我雖然力量微薄，也有出手幫忙……其實只有幫忙尋找能作為新居的房子。
克里夫和我不同，似乎不打算購買大房子，而是租下位於學生區一隅的公寓。他說要是住一住覺得太窄，到時候再搬家就好了。

以平常愛擺排場的克里夫來說，這真是謙虛的選擇。不過呢，其實克里夫並沒那麼有錢。

他自己買不起高價的房子，要是真的想買，必須讓艾莉娜麗潔也出錢。

我很清楚艾莉娜麗潔的手頭很充裕。

「不管怎麼樣，總之恭喜兩位了。」

他們下個月就要舉辦婚禮。

即使這個純白的新娘實際上有點過於粉紅，然而只要雙方都滿意，想必會是一場很棒的婚禮。

「總之，我要待在這裡等克里夫回來。」

「好。」

「唉……」

艾莉娜麗潔嘴上回答，眼睛卻沒有看向這邊，而且還重重嘆了一口氣。

總覺得這聲嘆息是在暗示她有煩惱，希望我能聽聽。

「妳對結婚有什麼不滿嗎？」

「不，怎麼可能。克里夫過於誠實，娶我簡直是浪費。我完全沒有感到不滿的地方。」

是啊，即使看在身為男性的我眼裡，也覺得克里夫很誠實。

當然，他並不完美，也有很多缺點。但是，克里夫還不滿二十歲。

考慮到將來，可以說是很傑出的人物。

「那麼，讓艾莉娜麗潔小姐嘆氣的原因是什麼？」

「這還用問嗎？」

「是喔。」

既然不用問，肯定是性事方面的問題。

「最近克里夫太忙，三天才跟我做一次。」

看吧，果然沒錯。

「那也沒辦法啊，要知道克里夫這麼努力都是為了艾莉娜麗潔小姐妳耶。」

「嗯，我當然明白。」

「反正等你們築好愛巢，起碼一星期都不會出來吧？」

上次旅行回來後，艾莉娜麗潔和克里夫有好一陣子都窩在研究室裡閉門不出。

讓人忍不住懷疑他們是不是只貪圖對方的肉體。

算了，自己也沒資格批評別人……沒辦法，我就是很喜歡那些糟糕事。

「唉，真羨慕魯迪烏斯。」

「不，我有時候也會三天都沒做喔。」

「可是你會找希露菲還有洛琪希一起做吧？雖然我對克里夫一個人並沒有不滿，不過果然還是會羨慕你有兩個對手。」

我當然反駁了她這句話。

「不不不不，我才沒有玩什麼3P。」

「哎呀，你們沒有那樣做嗎？多人一起來其實相當不錯喔，你們要不要試個一次？」

不好！這是惡魔的誘惑！

自己不能聽從這些話！退下吧！魔羅！阿門！

『那種事太不知羞恥了！等於是在掀女生裙子！艾莉娜麗潔小姐根本是有害書刊！』（註：這幾句話都和永井豪的作品《破廉恥學園（ハレンチ学園）》有關）

「我想希露菲和洛琪希反而會覺得不錯喔。」

「才沒有那種事！會破壞我們之間的關係！」

「洛琪希在某些方面確實有點潔癖，突然提議要那樣做，她很可能會退縮。」

「對吧！我就說吧！」

沒錯，就是那樣。希露菲很順從，不管我說什麼都願意聽。雖然我不確定她內心怎麼想，還覺得會因此犧牲了什麼，但是到頭來她大概還是會依言照辦。

然而洛琪希卻不一樣。別看她那樣子，其實少女心的部分還相當強烈。

要是我提出想3P，她卻因此表示沒辦法繼續奉陪並憤而跑回娘家，到時候打算怎麼處理啊？

「噢，不然這樣好了。」

艾莉娜麗潔喃喃開口，語氣宛如守護天使那般可靠。

「也可以由我出面，找她們兩人事先疏通一下喔。」

事先疏通！突然提議可能會遭到拒絕，不過洛琪希有接受艾莉娜麗潔的技術指導。如果艾莉娜麗潔在指導洛琪希時加入多人同樂的知識，再進一步對希露菲提出建議……自己是不是就能毫無後顧之憂地找她們一起在同一張床上激烈運動？

「艾莉娜麗潔小姐！」

我覺得彷彿看到了聖光，不由得當場低下頭表示敬意。

於是，頭上傳來艾莉娜麗潔愉悅的聲音。

「哎呀哎呀，到底該怎麼辦呢？畢竟那樣做對我沒有任何好處嘛。」

「嗚！」

明明主動提案，還想附加條件嗎？真是過分的女人。

不過，一切都已經太遲了。我已經落入惡魔手中，是一隻滿心想吃掉眼前胡蘿蔔的馬。

「妳要我……做什麼……才行？」

我抬起頭來，看到艾莉娜麗潔咧嘴一笑。

真是讓人不舒服的笑容，連我自己也不會笑成那樣……應該不會。

「我記得你手上有阿斯拉王國珍藏的媚藥。」

「嗯，有是有，不過還沒用過。」

「能不能把那東西讓給我？」

所謂阿斯拉王國珍藏的媚藥，是路克給我的東西。

老實說，自己沒有必要使用那個媚藥。因為兩個老婆跟我在體力和精力上都有落差，用了那種東西搞不好會傷害到她們。可是用在兩人身上也會讓我有種不怎麼妥當的感覺，所以多少有點不知道該如何處理這玩意兒。

「妳要拿來做什麼？」

「用在和克里夫的結婚生活上。」

「有那種必要嗎？」

「至少新婚第一天，我想被如同野獸的克里夫蹂躪嘛。」

艾莉娜麗潔為什麼對性如此忠實啊。

但是我覺得克里夫沒有誇張到那種地步。

「艾莉娜麗潔小姐沒有想過太飢渴會被克里夫討厭嗎？」

「沒想過。如果那樣會被討厭，表示我們打從一開始就不適合。」

「妳也不打算去配合對方嗎？」

「就算勉強配合，也只是遲早會出現分歧。既然如此，我寧願從頭到尾都堅持做自己。」

不愧是艾莉娜麗潔。只是仔細想想，克里夫也沒有勉強他自身去配合艾莉娜麗潔。

他們兩個是有在做那檔子事，不過應該是兩相情願。

感覺雙方都是以自私任性的方式愛著對方，這種關係讓人有點羨慕。
「我明白了。既然如此，我下次會把東西帶來。」
「謝謝你。啊，一想到因為媚藥而無法自制的克里夫……」
艾莉娜麗潔滴著口水開始出神妄想。
嗯，怎麼說？只要他們的感情能升溫就好。

之後，過了一個月。
我來到魔法都市夏利亞唯一的聖米里斯教堂。
這裡散發出類似基督教教堂的莊嚴氣氛。
教堂內排列著質樸的長椅，光線良好的玻璃窗前方擺設著米里斯教的象徵物。
象徵物前方站著一名神父，正在以嚴肅態度對神獻上長篇祈禱文。
「聖米里斯隨時都看顧著你們。」
神父前方並排站著一對男女，身上都穿著純白的禮服。
再過來是大約二十名的觀禮來賓守望著兩人。
「——若有人意圖拆散你等，聖米里斯將以盾守護。
——若有人意圖危害你等，聖米里斯將持劍斷罪。
——若兩人之愛實為虛偽作假，聖米里斯將灼燒其身並貫穿天空。」

也是觀禮來賓之一的我穿著拉諾亞王國的禮服站在最前列。

右邊是希露菲，左邊是洛琪希，兩人今天都身穿典雅清秀的正式洋裝。

我們沒有禮服也沒有正式洋裝，這些都是新買的衣服。

因為以後也可以穿去參加儀式，不是買了也沒用的東西。

希露菲旁邊站著愛麗兒和路克，身上的衣服看起來都很貴。

後面一排是札諾巴、莉妮雅和普露塞娜這些擁有高貴身分的來賓。

再往後是金潔、茱麗，以及愛麗兒的兩名女性隨從。雖然從我這邊看不到，不過諾倫和愛夏應該也站在這一排。

妹妹們也穿了正式洋裝，不過是租來的。因為兩人正處於成長期，我認為現在買還太早，結果被她們聯手抱怨了一陣。

另外有一些我不認識的面孔，至於七星今天依舊缺席。

在米里斯教的婚禮儀式中，好像是根據位置來辨別身分。

最前列會安排身分最高的來賓以及新人的親戚。

愛麗兒當然是最前列。而希露菲是艾莉娜麗潔唯一的親人，我是希露菲的丈夫，所以也一起站在最前列。說起來我只是沾了她的光，總覺得站在這裡根本像是跑錯棚。

不過，格格不入感最強烈的人想必是洛琪希。因為米里斯教並不允許第二名妻子的存在。

或許是感覺到這點，她從先前起就把身子挺得筆直，整個人連一動也不動。

根據路克所言，阿斯拉王國有很多信奉米里斯教卻沒有認真遵守一夫一妻教義的貴族，因此沒有必要那麼在意。

我也覺得洛琪希不需要在意那種事。

「新郎克里夫・格利摩爾，你願意發誓一生只愛艾莉娜麗潔・杜拉岡羅德嗎？」

「我發誓到死都會愛著艾莉娜麗潔。」

這時，熟悉的誓詞傳進耳裡。

果然米里斯教也有類似的誓言嗎？話說回來，克里夫的發言感覺很有誠意。

我想他一定會遵守這個誓言，一輩子只和艾莉娜麗潔發生關係。

自己有點憧憬這樣的誠實態度……算了，我是沒能遵守啦。

「新娘艾莉娜麗潔・杜拉岡羅德，妳願意發誓一生只愛克里夫・格利摩爾嗎？」

「我發誓只要活著就會愛著克里夫。」

至於艾莉娜麗潔的誓言……會如何呢？

她應該會試著遵守。不過畢竟有詛咒纏身，而且還有壽命問題。克里夫恐怕會先走一步，那樣一來，感覺艾莉娜麗潔就會另外尋找新的真愛。只是我不會批評那樣有什麼不好啦。

話說回來，因為想和年輕人上床所以跑來魔法大學就讀的艾莉娜麗潔居然結了婚。人生會發生什麼事情還真是不可預測。

「那麼，接下來由新郎為新娘戴上米里斯的首飾。」

克里夫從神父手中接過一個看起來相當花俏的豪華首飾。聽說那東西叫作「米里斯的首飾」，是儀式用的裝飾品。真品是聖米里斯實際配戴過的首飾，每個教堂裡必定都備有一個像那樣的複製品。

「麗潔，妳要再彎下來一點。」

「哎呀，不好意思。」

我聽到這樣的低聲對話。艾莉娜麗潔彎下身體，克里夫踮起腳尖為她戴上首飾。因為克里夫不是很高，這一幕有點破壞氣氛。

「新娘對新郎獻上誓言之吻。」

「是。」

艾莉娜麗潔緩緩彎腰，在克里夫的額頭上一吻。

不是親吻嘴唇，而是額頭。這個儀式好像是模仿聖米里斯的一節逸事。

據說聖米里斯過去啟程前往死地時，曾把這個首飾送給「最受喜愛之人」。

「最受喜愛之人」抱著祈求聖米里斯能夠平安歸來的心願，親吻他的額頭。

後來聖米里斯身陷絕境，「最受喜愛之人」將這個首飾獻給神明。

精緻的首飾和「最受喜愛之人」的愛情都讓神感到欽佩，因此幫助了聖米里斯。

聽說這個故事是基於真人真事，不過可信度不知道有多少。

「神啊！請賜給兩人永遠的愛與永久的繁榮！」

這一瞬間，神父手中的錫杖放出耀眼的光芒。光芒照亮莊嚴的教堂內部，新郎新娘化為剪影，再配合身上的純白服裝，甚至讓人產生他們已融入光中的錯覺。

真是充滿幻想風情的光景。

光芒消失後，兩人還是近距離對望，互相微笑。

看起來非常幸福，我想他們一定會永永遠遠過著幸福快樂的日子吧。

只是自己在這種情況下居然還可以想到那個錫杖應該是魔道具，最近實在有點欠缺感動。

然後，觀禮來賓在新郎新娘的目送下離開教堂。

婚禮儀式到此結束。看樣子只是要在神明面前證明彼此的愛情，並由觀禮來賓擔任證人，沒有婚宴和續攤之類的活動。

貴族之間應該會舉辦婚宴，然而克里夫並不是貴族。

要是巴迪岡迪在場，肯定會吵著要好好宴飲一番。

我自己也想久違地熱鬧一下，畢竟碰上喜事時會讓人很想辦個宴會。

「儀式好棒喔！」

「新娘好漂亮！」

參觀完婚禮後，愛夏和諾倫都很興奮，她們從先前開始就一直討論關於婚禮的感想。這樣看起來，實在不覺得這兩個人平常感情不是很好。

反而最近都沒看到她們吵架，顯得特別要好。

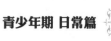

「米里斯的婚禮儀式真的會讓人滿心憧憬呢！」

「嗯！我也想穿穿看那種服裝！」

兩個妹妹吱吱喳喳地對話。諾倫有一天也會找到好對象，然後穿上純白的婚紗。對方真是個幸運的傢伙，到時候就送他一拳當作我的賀禮吧。

愛夏會如何呢？我無法想像她找到對象嫁出去的情況。

總覺得她給我一種會當一輩子女僕的印象。

「女孩子果然都會憧憬那種儀式嗎？」

我對身旁的希露菲提出疑問。

「多少都會吧。但是，我沒有任何不滿喔。我們那時候也別有一種溫馨的氣氛。」

希露菲笑著回答。

當然，如果希露菲想要舉辦那種感覺的儀式，我也可以安排類似的情境。只是我們都不是米里斯教徒，說不定會很像是在扮家家酒。而且只要去跟克里夫磕頭拜託，他應該願意幫忙扮演神父。

為了女性下跪磕頭是身為男人的骨氣，要我磕多少次頭都沒問題。

「……」

這時，我左邊的袖子被拉了一下。轉頭一看，原來是洛琪希正抬眼看向這邊。

她今天化了點淡妝，漂亮的臉頰微微泛紅。

「……洛琪希也想舉辦婚禮儀式嗎？」

我和洛琪希沒有舉行婚禮。

一方面是因為失去保羅讓家裡呈現類似守喪的狀態，另一方面是因為米格路德族原本就沒有舉辦婚禮的習俗。因此，洛琪希本人也說沒有必要。

只是今天見識到那種場面，是不是讓她產生自己也想比照辦理的念頭？

「不，沒有必要。不過……那個，你懂吧？」

洛琪希說完，閉上眼睛並嘟起雙唇。

自己眼前有個閉著眼睛的美少女，這正是送到嘴邊的肉吧？我開動了。

我摟住洛琪希的肩膀，親吻她的額頭。

「咦！」

「冒犯了，因為這額頭實在誘人。」

「是……是嗎……嘻嘻。」

洛琪希有點驚訝，大概是因為我親了出乎她意料的地方吧。

不過，臉上掛著已經失去控制的傻笑。

真好哄，不過這種個性也是她的魅力。好，決定了，今天晚上就麻煩洛琪希吧。

「啊，魯迪，我也要我也要。」

希露菲挽住我的右手，要求同樣待遇。

我當然沒有理由拒絕，親吻美少女的額頭根本無須猶豫。
「嘿嘿嘿……」
明明是希露菲自己主動要求，她卻摀著額頭嘿嘿笑了。
嗯，希露菲還是這麼可愛。怎麼辦，我想跟洛琪希親熱，也想跟希露菲親熱。
兩個一起來怎麼樣呢？艾莉娜麗潔已經幫我疏通過了嗎？
我想應該差不多沒問題了吧，而且媚藥也給她了……改天要確認一下。
「……哥哥，可以請你不要在這種地方做那種事嗎？」
我正在色咪咪地作著粉紅色美夢，諾倫卻提出抗議。
臉上表情完全是在抱怨難得參觀婚禮心情很好，我卻害她看到這種奇怪場面。
大概是不想看到自己親人談情說愛的樣子吧。
還有我左擁右抱可能也讓她感到不快。
「真沒辦法。」
「不要！等一下，別這樣！」
我把諾倫摟了過來，在她額頭上親了一下。諾倫滿臉通紅地用力擦著額頭。
真是太棒了。
「……」
至於愛夏則是滿臉羨慕。顯然是很想被親，但是不確定可不可以開口要求，又害怕遭到拒絕的表情。當然，她完全不需要擔心。

「愛夏！」

我張開雙手，露出（自認）很慈愛的表情。

「哥哥！」

愛夏的表情一亮，整個人飛撲過來。我親吻她的額頭後，這個妹妹就像貓一樣窩在我身上撒嬌。來吧，在我的懷中永眠吧。（註：這句台詞出自電玩《勇者鬥惡龍Ⅲ》的敵方角色，大魔王佐瑪（ゾーマ））

不過，在大街上用腳纏著我的行為倒是讓人不敢恭維。

而且她穿了裙子。看吧，內褲會走光喔。

「愛夏，不可以把腳抬這麼高。妳今天穿的是裙子，內褲被看到不好。」

「知道了～」

愛夏率直地放開我，一臉滿足地走向最前面。

真是的。雖說十一歲還可以算是小孩，然而世界上存在著會把超過十歲的女性視為成熟淑女看待的自稱紳士之徒。必須讓她更警覺才行。

「……」

這時我突然想到……

以前收到的保羅來信中曾經提到，等大家都到齊以後要好好慶祝一番。

我一直想要實行，結果不知不覺已經過了半年以上。
而且兩個妹妹的五歲和十歲生日也沒有好好慶祝。
正因為我在這兩個重要生日時都有盛大慶祝，所以覺得她們有點可憐。
果然，有其他人為自己慶祝是很美好的事情。
好，我決定了。開個派對吧。

——**學校的傳言・其之七「龍頭老大身分高貴」**——

第八話「左擁右抱」

婚禮儀式後過了兩星期。
我帶著希露菲和洛琪希前往城裡。
目的是要購買諾倫與愛夏的生日禮物。
我們決定私底下偷偷準備慶生會，給她們一個驚喜。
雖然特地三個人一起出門的理由還另有其他，不過那部分先略過不提。

或許因為這陣子是收穫期，街上相當熱鬧。

馬車來來去去，販賣蔬菜水果的攤商臉上也堆滿笑容。這個時期的食品不但便宜，而且新鮮又美味。

由於即將舉辦收穫祭，廣場中央搭起一座高台。

雖說是祭典，卻只是在廣場上點起營火，用收穫的各種作物來煮成雜燴，然後和酒一起分享給大家而已。

參加祭典的人們會圍著營火，一邊吃飯一邊感謝大地的恩惠。

除此之外並沒有安排什麼特別的節目，也不會唱歌跳舞。

順便說一下，只要拿著鍋子過來，似乎就可以領到免費的雜燴。聽說去年我不在的時候，愛夏就有去領過。她說因為什麼都丟進去煮，其實不太好吃。

自己今年能吃到嗎？難吃歸難吃，我還是有點興趣。

「這個時期還是跟往常一樣，總是特別熱鬧呢。」

「是啊，因為這個時期會有各種人士造訪此地。」

洛琪希好奇地東張西望，希露菲也回應她的感想。

商人往來如織，學生們興致高昂地逛著攤位。農家推著裝滿蔬菜的大型手推車通過，冒險者們為了爭論是否有撞到對方肩膀而起了衝突。

魔法都市夏利亞只有在這個時期會出現如此喧囂的氣氛。

另外，廣場裡到處可以看到獸族。都是一些拿著形似柴刀的大劍，外表壯碩驍勇的獸族。因為獸族也算是在舉辦祭典。這個時期似乎正好碰上莉妮亞和普露塞娜的發情期，認為自己才是最佳人選的勇者們以魔法大學為目標，從各地集結至此。莉妮亞和普露塞娜好像也覺得差不多該找個夫婿了，聽說今年會正面迎戰這些人。

然而兩人並沒有按照傳統規則行事，而是宣稱會從打贏她們的對手中挑選。

莉妮亞和普露塞娜開出的條件是劍術必須聖級以上，魔術必須上級以上，冒險者不滿A級者就不合格；還要毛皮柔順漂亮，個性狂野卻又紳士，耳朵和尾巴都傲然豎起的男性。老實說我覺得未免太過不切實際。

算了，希望她們能努力找到好對象……就像我這樣。

右邊是希露菲，左邊是洛琪希，完全是左擁右抱的狀態。

「我說，希露菲葉特小姐和洛琪希小姐。」

「什麼事，魯迪烏斯先生？」

「怎麼了？」

「妳們可以挽著我的手臂嗎？」

這是我突然想到的提案。只要身為男性，每個人至少都夢想過一次這種光景吧？夢想過自己被女性左右簇擁，展現出萬人迷氣勢的光景。

以前，我曾經唾棄過那種人。

然而內心深處其實充滿憧憬，也一直很想試試看。

「好。」

「……嗯。」

右邊的希露菲很乾脆，左邊的洛琪希則是有點戰戰兢兢地挽住我的手臂。

哦哦，這下我也成為在眾人羨慕眼神下復活的耶穌基督。

這些羨慕的眼神真是讓人心裡舒暢！

我抱著這種想法觀察周遭，卻發現商人很忙，獸族戰士們正匆匆趕往魔法大學；學生看了這邊一眼，不過隨即轉開視線。冒險者也一樣，在酒館裡還可以另當別論，但是他們並沒有閒到會在大街上喝起倒彩。看樣子注意到我們的人比想像中還少得多。

不過，我已經心滿意足。

例如這個，特別是接觸到右手臂的觸感，從以前的希露菲身上無法感受到的這個和那個的觸感。不，我不該講得那麼見外，總之就是她胸前的波和濤帶來的觸感。

讓我明白自己正和願意把胸部貼過來的女孩一起走在路上。這種單純的事情滿足了我。也滋潤了前世在枯竭的青春沙漠裡掙扎存活下來的內心。

這個綠洲恐怕只要再過一陣子，就會恢復成和艾莉娜麗潔勢均力敵的最小尺寸。

換句話說，這是兩座夢幻之島。哎呀，原來金銀島真的存在。

當然不只是希露菲，左邊的洛琪希也把她那貧瘠的配備整個貼在我的手臂上。然而貧瘠並不等於不存在，我經過鍛鍊的手臂還是可以感覺到洛琪希身上的柔軟部分。清貧正代表了崇高。

啊，實在美妙。我要感謝自己發達的肌肉，要不是有這種硬度，這份柔軟帶來的感動肯定會減半。喔喔，別吃醋啊，我的肱二頭肌（赫拉克勒斯），我知道你很優秀。

「……噗呼呼。」

我忍不住笑了出來。

今天找她們一起出門的由頭是為了挑選送給兩個妹妹的禮物。

不過，我的目的不僅如此。因為前些日子，艾莉娜麗潔告訴我：

「我已經幫你好好疏通過了。你可以找她們一起外出，先想辦法提昇情調，再找個氣氛好的房間一舉決勝。」

換句話說，另一個目的是為了那檔子事。今天，我要付諸行動，要在同一張床上同時享用她們兩人。

嗯，真是滿心期待。我能夠確實讓雙方都獲得滿足嗎？實在好期待啊……

「魯迪？魯迪？」

聽到希露菲的呼喚，自己總算回神。

「你流口水了，是肚子已經餓了嗎？」

洛琪希拿出手帕幫我擦嘴。

不好不好，剛剛妄想過頭了。

當然，我期待最後能發展成那種情況。

不過，自己並不打算隨便應付在那之前的約會。

我會認真選擇送給諾倫和愛夏的禮物，也會讓希露菲和洛琪希都享受到約會的樂趣。

兩個目的都很重要。

「抱歉，剛剛嘴巴沒閉緊。」

我一邊道歉，同時端正心態繃緊神經。

為了挑選禮物，我們決定花一整天在街上到處逛逛。

首先從工房區開始，這裡有許多魔道具。

當然，商業區也有販賣魔道具。不過幾乎都是能夠耐得住實用需求，雖然方便卻很高價的商品。

至於工房區，可以找到由技術還不熟練的魔道具製作師（Creator）學徒所製作，等於還是試作品的東西。

那些學徒的作品通常沒什麼大不了的效果，跟玩具沒有兩樣。不過有時候也能挖掘出一些珍品，出自那種將來會被視為天才的製作師之手……以上是洛琪希提供的情報。

據說她以前的同學中也有去工房拜師成為弟子的人。

只是不巧已經前往其他城鎮。

「其實我不覺得這裡可以找到合乎那兩個孩子喜好的東西……」

雖然嘴上這麼說，洛琪希還是很有興致地翻看魔道具。

當然，我本身也不認為這裡會有愛夏和諾倫喜歡的東西。

來這裡的目的，是為了購買送給洛琪希的禮物。

雖然我們已經結婚，卻沒有為此慶祝。洛琪希說過不需要舉辦婚禮儀式，但是不辦儀式和要不要慶祝是兩回事。

我想在幫諾倫和愛夏舉行慶生會的那天一起慶祝。

洛琪希當然不知情，這也是驚喜。

也就是讓準備驚喜的人也收到驚喜的計畫。

如果洛琪希在這裡看到什麼想要的東西，我打算改天再過來偷偷買下。既然是好用的魔道具，想必會是匹配性能的昂貴價格。

目前維持家計的資金共有希露菲的收入、洛琪希的收入、靠七星給的卷軸所獲得的版稅，還有探索迷宮的報酬等四項來源。

尤其是最後那項「探索迷宮的報酬」也可以說是保羅的遺產，金額大到足以讓我們過上三十年游手好閒的日子。

儘管稱不上金山銀山，總之是綽有餘裕。

話雖如此，畢竟無法預測人生什麼時候會在哪裡需要用到一大筆錢，所以我從平常就會提醒自己不能太過奢侈。

不過，結婚紀念這種事情應該是合理開銷吧。

要是洛琪希說她想搭保時捷，我也可以買給她。但是魔法都市夏利亞並沒有保時捷的經銷商，最後大概只能在犰狳次郎的額頭寫上「保時捷」幾個字充數。

「這個只要注入魔力就會讓裡面食物結凍的鍋子或許可以送給愛夏。」

「可是我覺得愛夏喜歡更可愛的東西。」

「啊，也對，送些和工作無關的東西會比較好……」

希露菲和洛琪希討論時，我一直從旁觀察洛琪希的動向。

目前還沒看到她特別想要什麼東西。洛琪希一直認真挑選送給諾倫和愛夏的禮物，似乎完全沒有考慮到自身的需求。

「魯迪你覺得怎麼樣？」

「這個嘛……我覺得很想舔妳。」

「請認真思考，這可是魯迪你自己提出來的計畫。」

當然，我也有在煩惱該送什麼樣的禮物給愛夏和諾倫。

不過，這裡的東西應該不適合她們兩個吧。

我們移動到商業區，目的地是希露菲常去的服飾店。
她送我的長袍也是在這家店買的，是我們認為最適合挑選禮物的地方。
「真的要逛這麼高級的店嗎？」
看到這間店的規模，洛琪希有點畏縮。她低頭看了看身上的長袍，臉上露出不安的表情。是不是該告訴她這裡沒有要求著裝守則呢？
「咦？有高級到那樣嗎？」
希露菲不解地歪了歪頭。
在服裝方面，希露菲只會前往這種略顯高貴的店家購買。
話雖如此，那種行為並不代表希露菲生性浪費，大概只是因為她經常和愛麗兒一起行動，而所謂習慣前往的商店又很容易受到周遭環境的影響。同樣，那也不代表希露菲的金錢觀念已經崩壞，她只是覺得若要從自己的行動範圍裡做選擇，這裡是最適合的店家而已。
就是這麼一回事。無論是誰，通常都不會覺得自己手頭的東西是高級品。
「不，以格雷拉特家的經濟狀況來看，應該沒有問題。只是我平常很少出入這種水準的店，所以才會有那種感覺。」
「是……是嗎……這裡很貴嗎……」
希露菲的耳朵無力地下垂，看起來很灰心喪氣。
「那個，魯迪……我沒有太花錢吧？」

「當然沒有，不必擔心。」

基本上，希露菲買個人便服時都是用她的薪水付帳。

也就是自己花掉自己賺來的錢，我沒有資格發表意見。

「我絕對沒有指責希露菲太浪費的意思。以前擔任宮廷魔術師的時候，我自己也會利用這樣的店。今天既然是要購買作為生日禮物的衣服，這裡是妥當的選擇。」

「是嗎……也對呢，因為是生日禮物呢……嗯……」

洛琪希繼續追擊。

不愧是我的師傅，很清楚該發動攻勢的時機。我也幫忙打個圓場吧。

「我覺得衣服這種東西，其實貴一點也沒關係。」

聽到這句話，希露菲不太開心。

「果然魯迪也覺得很貴嘛！」

「不……我不是覺得貴，我意思是那種衣服的品味會比較好。」

「怎麼辦？是不是乾脆現在換一家店會比較好……可是除了這裡，我還是只知道比較貴的店。」

「沒必要換地方，在這裡買就好了。」

希露菲本來就沒有幾件便服。

結果，她卻為了我努力打扮。這完全是自己該道謝，而且沒有理由抱怨的事情。

老實說，以我的的基準來看，衣服開價到這種價位確實有點偏高。不過那充其量只是因為我平常都購買冒險者基準的廉價服裝。

這也沒什麼，如果希露菲覺得略高的數字才是標準的價格，那麼只要接納並享受就好。趁著現在還有錢。

「這不是格雷拉特大人嗎！歡迎您大駕光臨！」

剛走入店內，店員立刻靠了過來。或許因為是常客，店員已經記住了我的名字。

「您今天想看什麼呢？」

「想挑選送給十歲孩子的生日禮物。」

「原來如此，那麼請往這邊走！」

聽完回答，店員領著我們前往陳列著大量童裝的地方。

真是訓練有素。

雖說是童裝，不過從平常穿的便服到長袍、正式洋裝都有，種類很豐富。

十歲生日算是人生的大事，想必有很多人會購買衣服吧。

「種類這麼多，會讓人不知道該選什麼才好呢。」

「冬天快要到了，是不是買保暖一點的東西會比較好？」

洛琪希和希露菲看到這麼多衣服，很開心地開始討論。

果然是女孩子呢，和某個總是說隨便什麼都好的紅髮女很不一樣。

「魯迪你覺得如何？」

「我發現諾倫的防寒衣最近看起來有點太小，她可能會想要件新的。」

對於希露菲的提問，我敘述了自己的意見。兩人都點了點頭。

「原來如此，那麼大衣應該是不錯的選擇……愛夏那邊呢？」

「我記得前幾天有聽她說過靴子變小了。」

「靴子嗎？這也很好，就買雙靴子送她吧。」

經過討論來決定出方向後，我們開始物色商品。

由於貨色齊全，很快找到適合兩人的東西。

要送給諾倫的是色彩鮮亮的大衣，送給愛夏的是縫上花朵圖案的靴子。兩個禮物的尺寸都有點太大，不過她們正處於成長期，我想不會有問題。

後來，我們繼續在店內隨便逛了逛。

畢竟又沒有規定說禮物只能送一個。

這個理由雖然也是沒有虛假的真心話，不過最重要的目的是想尋找送給洛琪希的禮物。

「愛夏可能會喜歡布做的造型花飾吧？」

「是啊，她好像很喜歡花花草草之類。」

「可是這個東西似乎有點太成熟了。」

「話說起來，諾倫喜歡什麼呢？」

「諾倫她……喜歡什麼呢？好像很少聽到她提及自己喜歡什麼東西……」

「諾倫小姐好像喜歡劍、鎧甲和馬匹那類比較男孩子氣的東西喔。」

「哦？洛琪希妳怎麼知道？」

「因為我也想和她建立良好關係。」

我們邊聊邊逛。

「……」

這時，洛琪希突然停下腳步。

她注意到一件長袍，那是被特別展示出來的魔術師用長袍和帽子。長袍是成年男性用的尺碼，當然不適合洛琪希穿用。

但是她看了看放在長袍上的帽子，然後脫下自己戴著的帽子。

帶著苦悶表情研究了一會兒。

那頂帽子已經很舊了，是不是從她待在布耶納村那時一直使用至今？

雖說還不到破破爛爛的地步，縫線脫落的開口卻顯示出這帽子經歷過許多場戰鬥。不過因為是黑色帽子，那些受損部分並不是那麼顯眼。

洛琪希重新戴好帽子，然後慢慢踮起腳尖，拿下店內陳列的帽子。

她把帽子翻來覆去地看了一陣，注意到價錢標籤後表情有點扭曲，立刻把帽子放回原位。

看樣子價錢似乎很貴。

「唉……」

洛琪希嘆了口氣，以什麼事都沒發生過的態度走向這邊。

「我說，魯迪。」

這時，我才注意到希露菲站在身旁。

「就買那個吧。」

「嗯。」

我和希露菲有了一致的看法。

這下送給洛琪希的禮物也定案了。

後來，我們除了大衣和靴子，還偷偷訂購了帽子，然後離開店內。

領貨時間是慶生會當天，聽說還會代為包裝成禮物。

真是讓人期待。

最後，我們來到聚集了許多冒險者的旅館區。

因為逛了好幾個地方，時間已經來到傍晚。

到了這個時段，結束迷宮探索的冒險者們會帶著戰利品回來。

另外，缺錢的冒險者也會趁著這段時間賣掉手上東西來變現。

因此有時候可以找到一些珍品。不過魔力附加品都很高價，而且老實說根本不是必需品。

所謂的 Window shopping 就是要單純享受逛街的樂趣。

……我本來是這樣認為。

「妳看，希露菲。這就是冒險者的衣服，一般人都是買大約這種價錢的衣服喔。」

「真是的，我知道了啦！但是我很少穿這種衣服，不知道適不適合自己。」

「我覺得希露菲適合穿這個樣式，因為妳身材苗條。還有配上斗篷應該也不錯。」

也不知道為什麼，討論到最後，我們幫希露菲買齊了一整套衣服。

是魔法劍士風格的服裝，手肘部分裝有護具。或許少了點優雅，不過希露菲穿起來很像剛踏入這一行的新人冒險者，真的很可愛。如此一來，希露菲隨時可以成為冒險者！

算了，她本來就有工作，沒有理由轉行為冒險者。

而且就算出了什麼事，希露菲的工作服幾乎都是魔力附加品。

說不定根本沒有特地穿上這套服裝的機會。

「嘿嘿嘿，謝謝兩位。」

但是，希露菲看起來很高興。

我們買著買著，周圍的店家陸續開始打烊。

就算是行商人，也不會擺攤到很晚。因此，我們自然而然地朝著吃飯的地方前進。

當然，覺得自然的人只有希露菲和洛琪希。實際上一切都按照計畫進行。

我早就料想到可能會發生這種狀況，所以事先預約了餐廳。

目標是一間服務S級冒險者的旅館，也是艾莉娜麗潔建議我可以作為約會最後一站的地方。

這間高級旅館的食物好吃，氣氛良好，床鋪很大，還有隔音也很好。

「祖母跟我提過這間旅館。還說要是跟魯迪吵架了，就要來這裡和好。」

「咦，希露菲跟我一樣嗎？」

但是，她們兩人都聽說過這間旅館。

到頭來，我們只不過是在艾莉娜麗潔掌中跳舞的羔羊。

不過呢，就算三個人都知道這間旅館，其實也沒什麼大不了的問題。

「我也是從艾莉娜麗潔小姐那裡聽來的，她還說……魯迪以後有可能會帶著希露菲和我一起來到這間旅館。到時候，就是，那個……」

「祖母也跟我說過一樣的話……原來如此啊。」

「魯迪真是好色。」

希露菲和洛琪希都用不以為然的眼神看我。

不過，臉上並沒有出現厭惡的表情。艾莉娜麗潔已經事先跟她們溝通過了。

所以，兩人對我的糟糕企圖都給予正面反應。

哎呀，真是要感謝艾莉娜麗潔小姐……不，艾莉娜麗潔大人！

「可是今天沒先跟家裡其他人說要外宿，我擔心露西。」

這時，希露菲想到照顧露西的問題。

這部分已經安排妥當。

「沒問題，我跟莉莉雅小姐說好要麻煩她幫忙了。」

我告訴莉莉雅今天要一決勝負後，她點點頭表示可以交給她負責。

「就算已經說好……算了，託付給莉莉雅小姐確實可以放心。」

希露菲大概是想傳達：「即使做好了安排，雙親都外宿沒有回家還是不妥」的想法。我也懂這個道理，不過，唔……也罷，不找藉口了。

抱歉啊，露西。我很愛妳，但是請原諒無法抵抗欲望的父親。

「還有我明天也得去學校。」

洛琪希擔心的是明天上班該怎麼辦，這方面也不成問題。

「早一點起來，然後先回家一趟就可以了吧？」

「真的有辦法早起嗎？我不覺得自己做完那種事以後還能夠早起。」

「這件事包在我身上。」

「既然魯迪這樣說，就交給你了……」

雖然有點算是我硬要執行，不過今天的外宿還是就此定案。

「那麼老爺，今天晚上要請您多多指教了。」

「請多指教。」

看到兩個可愛的妻子對我低頭致意，我也做好了戰鬥的準備。

然而，直接上床未免太過分了。

應該要吃個飯，喝點酒，傾訴愛意。

營造氣氛是很重要的步驟。

因此，我們決定先前往一樓的酒館用餐。畢竟這裡是一間料理也很美味的旅館。

自己對兩人的感情絕對不是只有性欲而已。

我的性欲很強是根本無法隱匿的事實，不過還是希望她們可以單純享受和我一起共度的時間。

兩人同時或許會讓她們覺得接收到的愛情減半，所以我打算加倍努力。

「哇，看起來好棒喔。」

「這種料理很少有機會吃到呢……」

看到擺放在桌上的餐點，兩人都發出感嘆。

北方大地的食物價格很高，收穫量也不多。因此平常都粗茶淡飯，但是目前正當食料豐富的季節，這裡又是高級旅館。

使用大量新鮮蔬菜的沙拉、口味有點辛辣的燉煮河魚湯、灑滿了辛香料，油脂肥美的黑色公牛(Black Bull)牛排。

都是一些平常沒有什麼機會吃到的料理。
除了這些，還有散發出芳醇酒香，類似威士忌的美酒。
「這個湯很好喝，不知道用了什麼調味。」
「是不是放了用油醃過的芥子……？」
可能是考慮到露西要喝母奶，希露菲沒有喝酒。
不過她似乎對湯很有興趣，多次確認味道。
「再找時間研究一下好了。魯迪，如果我也做了這道湯，你願意嚐嚐嗎？」
希露菲側著頭發問。別說等她做出來，我現在就想吃掉。
「嗯，我會連希露菲一起吃掉。」
「討厭啦，魯迪。」
最後是甜點，這間旅館居然有提供甜點。
雖然有甜點，和以前在米里斯神聖國吃過的費工甜點還是不太一樣。
主要材料是跟蘋果很像的水果。我吃過這東西，比前世的蘋果酸很多。
這種水果被切成一口大小，然後泡進類似蜂蜜的濃稠糖漿裡。
吃起來的味道類似蜜餞，也有點像水果雞尾酒，還滿好吃的。
我本來以為把蘋果和蜂蜜加在一起會變成咖哩，看樣子是自己誤會了。（註：佛蒙特咖哩的廣告詞）

「這是……！」

看到甜點，最開心的人是洛琪希。她睜著興奮到發亮的雙眼，把甜點連連送進嘴裡。是我家師傅自己喜歡甜食嗎？還是米格路德族都喜歡甜食？

「真是太棒了，北方居然也能吃到這種東西！」

洛琪希沒多說什麼，但臉上充滿感動。我甚至產生了錯覺，覺得洛琪希的嘴裡正在發出光芒。要是再看下去，說不定她會說出「這是味覺的珠寶盒」之類的評論。（註：「味覺的珠寶盒」出自日本藝人兼美食記者彥摩呂介紹美食的口頭禪之一）

「啊……」

洛琪希很快吃完自己那一份，滿心遺憾地看著空盤子。

「我的也給妳吧。」

我把盤子推給洛琪希，她露出非常訝異的表情。

「咦？真的可以嗎？」

食物應該要由覺得最好吃的人來吃掉，這才是最好的結果。

「當然沒問題。來，張嘴吧。啊——」

「我又不是小孩子……啊——」

洛琪希每吃一口就感動一次，還把手貼在臉頰上露出幸福表情。

我很想讓她多吃一點，不過很遺憾，連我的份也吃完了。如果想吃到更多，只能等待下次機會。

好啦，肚子已經填飽了。吃了很多甜食的兩位美少女想必也變得更加甜美。

「那麼，兩位……」

「什麼事，魯迪？」

「怎麼了嗎？」

「其實啊，我已經訂好房間……」

這是我很想在人生中講個一次看看的台詞。

「……嗯。那個，洛琪希，我想再確定一次……和我一起沒關係嗎？」

「嗯，我已經做好心理準備。請多多指教。」

洛琪希和希露菲紅著臉看向對方，互相點了點頭。

看到這一幕，我確定今晚必定會成為最美好的一個晚上。

——**學校的傳言·其之八「龍頭老大是有錢人」**——

第九話「生日慶祝會」

舉辦驚喜慶生會當天。

這天是諾倫回家的日子，也是洛琪希休假的日子。

希露菲並沒有休假，不過她向愛麗兒請了假。

一切準備完成，接下來只要開始實施作戰計畫。我找來諾倫、愛夏，以及洛琪希三個人。

「我有事情要說，希望妳們陪我一下。」

「什麼事？」

兩個妹妹都不解地歪著腦袋。

為了準備料理和前往服飾店領取禮物，我必須把兩個妹妹帶出門才行。

「明白了，我這邊可以配合。」

當然，洛琪希按照事先講好的劇本，以自然態度接受我的邀約。

但是她不知道自己也是要接受眾人祝賀的那一方，呵呵呵……

「媽媽，工作還沒做完，我可以出門嗎？」

「既然是魯迪烏斯少爺的邀請，當然沒有問題。」

「好的，那麼我也要去。」
愛夏徵求莉莉雅的許可後也給予肯定答案。
「……」
至於諾倫，則是以有點為難的表情看著希露菲。
「洛琪希小姐要去，可是希露菲姊姊不去嗎？」
「咦？」
因為話題突然轉到自己身上，希露菲的舉止變得有點可疑。
「就是……妳看，我必須照顧露西才行！」
「可是前幾天妳們兩個人都出門了啊，希露菲姊姊可以接受這種狀況嗎？」
「呃……」
希露菲眼神一陣亂飄，對我投來求救的視線。
不過她立刻又看向洛琪希，兩眼亮了起來像是突然想到了什麼點子。
「其……其實啊，計劃這件事的人是我。」
「咦？這是怎麼一回事？」
「諾倫和洛琪希的關係還不是很好吧？」
「嗯，是啊……」
「我覺得家裡出現那種險惡氣氛不是好事。所以希望妳們能一起外出，加強彼此的親睦關

係。因為只要更深入認識彼此，感情就會變得更融洽喔。」

「……原來如此，我明白了。」

諾倫接受這番說辭，反而換成愛夏露出懷疑的表情。

因為愛夏和洛琪希並沒有處得不好。

洛琪希晚上準備隔天上課用的東西時，愛夏還會送茶水和宵夜給她。

兩人逐漸建立起適合她們的關係。

不過呢，愛夏似乎很快就在腦內自行找出了答案。她露出「其實也無所謂啦」的表情，還咧嘴賊賊一笑……該不會是已經察覺了吧？

「所以，今天你們就四個人好好去玩吧。」

「是。」

「知道了～」

「真是麻煩妳了。」

雖然過程讓人冒了點冷汗，不過我還是成功帶著三人外出。

準備工作很花時間。

留在家裡的兩個人必須負責準備餐點，裝飾場地，還要去領取禮物。

我想應該幫她們多留點充裕時間，所以在外面閒晃到午後會比較好。

話雖如此，又不能去商業區那邊，萬一不巧遇上去拿禮物的希露菲就糟了。

當然去旅館區或工房區、學校也行，不過我還是提議了一個方案。

「釣魚嗎……」

我們現在來到城外。

眼前是遠離喧囂的寧靜小河，清澈的河水中可以看到許多魚影。

「嗯，這種事很適合用來提昇感情吧？」

「原來希露菲早上的發言並非從頭到尾都是騙人的藉口啊。」

我和洛琪希低聲交談，同時拿出事先準備好的釣具。

沒有捲線器和假餌那類方便的東西。

只有彈性很好的木材和巨大蜘蛛(Giant Spider)的蛛絲組合而成的簡易釣竿。

再搭配用射紋蛙(Radiata Frog)的鳴囊製作的浮標以及鐵製的釣鉤，魚餌則是蚯蚓。

「我從來沒有釣過魚。」

「我也是我也是，一直很想試試看。」

妹妹們一邊發表感想，一邊拿起釣竿。

愛夏手腳俐落地裝上浮漂、釣鉤以及準備好的魚餌，衝向河邊。

然後使出媲美三平的有力動作，把釣鉤拋進河裡。（註：出自漫畫《天才小釣手》）

看這種有模有樣的架勢，她真的沒有釣過魚嗎？

「哥哥，這個要怎麼弄？」

至於諾倫，卻是不知所措地拿著釣鉤和浮標。

「哼哼，哥哥我也不知道，因為我同樣沒有釣過魚。」

我在前世是室內派。沒有實際去釣過魚，對這種事也沒有興趣。

當然，轉生到這個世界後，依舊沒有任何經驗。

如果想抓魚，直接讓河水結凍就好了。

「那個，諾倫小姐。要不要由我來教妳呢？」

洛琪希戰戰兢兢地如此提議。

看樣子洛琪希有釣魚的經驗。本來覺得如果洛琪希也沒釣過魚，三個人一起摸索或許也不錯，不過既然她可以講解，那麼我也一起學學吧。

「……麻煩妳了。」

諾倫帶著苦悶表情點了點頭。

身為米里斯教徒，她對洛琪希果然還是有點意見。

不過呢，也不是真的那麼討厭洛琪希本人。

「——那麼，請妳自己試試看吧。」

「這樣嗎？」

「對，做得很好。」

「……謝謝妳。」
洛琪希非常仔細認真地講解，諾倫也有確實聽從她的教導。
很好很好，我希望諾倫和洛琪希也能建立起良好關係。
於是，大家都開始釣魚。
洛琪希是個老手。她坐在我用土魔術製作的椅子上，用一隻手拿著釣竿，瞇起眼睛盯著水面。
一旦察覺傳到手上的細微震動，就會做出反應拉起釣竿。雖然從剛才釣到現在並沒有釣上什麼大傢伙，她依舊是目前戰果最好的人。
這個架勢，展現出宛如修行僧坐禪時的威嚴。
「洛琪希小姐很厲害呢。」
「因為一個人旅行的時候，必須盡可能自力取得食物。」
「說起來，在之前的旅程中，瑞傑路德先生也有捕魚。」
「他也會釣魚嗎？」
「不，他是拿槍往水裡一刺，槍尖就會刺中三條魚——」
諾倫坐在洛琪希旁邊，和她有一句沒一句地閒聊。
兩人之間多少還有點生疏，不過氣氛不錯。

「啊，諾倫小姐，有魚上鉤了。請拉回釣竿。」

「咦！咦！好……好的！啊……」

「這種事常有，重新裝上魚餌吧。」

諾倫的注意力有點散漫，又跑了一條。

但是，她對於和洛琪希聊天這件事本身似乎挺樂在其中，表情顯得很開朗。

「哼哼哼，哥哥。你的狀況好像一直不太好耶，是怎麼了呢～？」

至於愛夏，可以說是狀態絕佳。儘管被溜掉好幾次，還是釣上了三條魚。

「我們說好獲勝的人可以對輸掉的人提出要求，你可不能忘記喔！」

愛夏剛剛跑來提議要比賽誰有辦法釣到比較多魚，我接受了挑戰，目前的成果卻是掛零。看起來似乎會輸。

明明雙方都是初學者，為什麼會有這麼大的差距？

「要提一些我能夠做到的事情喔。」

「要求什麼比較好呢？要不要叫哥哥一整晚都緊抱著我，然後一直在我耳邊細語『愛夏好可愛』呢……這樣好像不錯？還是要哥哥比照對希露菲姊姊和洛琪希姊姊那樣——」

「牽涉到性方面的都不行，父親會生氣。」

「不可以把爸爸搬出來！」

講是這樣講，實際上愛夏頂多只會要求我買什麼比較昂貴的小東西給她吧。

那點小事完全不成問題……不過，輸給妹妹真的妥當嗎？可以在這種場合讓妹妹戰勝哥哥嗎？

答案是否，現在應該要展示出自己身為哥哥的威嚴。

與其當個溫柔卻靠不住的哥哥，更該成為強大又可靠的兄長。

「愛夏，我要拿出真本事了。」

「哥哥剛剛都沒有認真釣魚嗎？」

「沒錯。所以從現在開始，我要使用魔眼。」

「咦！作弊！」

隨便她怎麼說，這就是我的真本領。自己要靠著看穿一秒後的未來，展現出壓倒性的實力差距。我發動魔眼，專心觀察浮標。

〔沒有反應〕。

〔沒有反應〕。

〔浮標抽動了一下〕。

「上鉤！」

透過每天的揮劍練習，我已經鍛鍊出俐落純熟的上下動作。

藉由義手強化的手臂也可以無視一切抵抗，我強行把釣鉤拉出水面。

「很好，釣到大……魚……」

結果，拉上來的東西是一隻大靴子。

「……」

這個世界也有靴子。而且，這條河有流經魔法都市夏利亞。人們的日常生活會利用到這條河，例如汲水和洗衣。所以有時候，靴子或許會因為某種理由而掉進河裡，最後找不回來。另外也有可能是冒險者在更上游的地方掉了靴子，然後沿河漂流到這裡。

「哥哥……」

愛夏看我的眼神就像是在看什麼沒救了的東西。

不，這時應該轉換一下思考方式。例如這樣想吧……這東西不是靴子。

嗯，總覺得只要改變思維，看起來就很像是完全不同的東西。

對，沒錯。仔細看看，要說看起來很像魚也沒錯，甚至直接稱為魚也不算誇大。對，這怎麼看都是魚，並不是魚以外的東西。

我把靴子放進裝魚的簍子裡。

「好，我釣到第一條了，很快就會追上妳。」

「咦！剛剛那明明是靴子啊！」

「雖然看起來像靴子，不過卻是如假包換的河中生物。我把那東西稱為……呃，靴魚。」

「不就是靴子嗎！不行！太奸詐了！」

愛夏把手伸進簍子裡，抓起靴子丟回河中。

「啊啊！」

不可以把垃圾丟進河裡啦。

算了，這也是一種釣後放流（Catch and Release）。剛剛那隻靴子還是小魚，這次死裡逃生後，它一定會努力游向大海，長大之後再回到這裡。

就當作是那麼一回事吧。

「啊！唔唔……好！第四條！」

我正在胡思亂想時，愛夏釣到第四條魚。

嗯，這樣一來大概已經輸定了。

抱歉啊，希露菲，洛琪希。我今天晚上必須去侍奉愛夏……

「就是這樣，很好！往上拉！往上拉！」

「嗚……唔唔……啊！」

「加油！要慎重一點！」

因為突然吵鬧起來所以我轉頭一看，只見諾倫也釣到魚了。

很大隻，可能跟錦鯉差不多。

「太棒了！我釣到了！第一次釣到魚！」

「好厲害！是條大魚！」

諾倫很開心地笑著，洛琪希也拍著手為她高興。
真是溫馨的光景，這一趟沒有白來。

這時我注意到太陽已經西斜，決定收拾收拾回家去。
「我們差不多該回去嘍。」
聽到這句話，兩個妹妹都耍起賴皮。
「咦！這麼快就要回去了？」
「……我還想再釣一條。」
開心的時間總是過得特別快，我可以理解她們想要再玩一下的心情。
然而，重頭戲接下來才要上演。
「因為天黑之後可能會有魔物出沒。」
「魔物只要由哥哥出面解決不就得了！」
「而且還有洛琪希老師在……」
我確實有能力對付這一帶的魔物。
再加上洛琪希，兩人聯手想必能保護好諾倫和愛夏。
現在的我應該有那種水準的力量。話雖如此，這是兩碼子事。
要是拿那種事情當不回家的擋箭牌，我們會在這裡待到深夜。就算接下來沒有其他預定行程，也該先拔除發生萬一的可能性。
「不行，改天再來就可以了吧？」
「哥哥，你不能因為自己沒釣到魚就這樣……」
「不……只要我拿出真本事，想要多少魚就能抓到多少。」
我能夠使用電擊和爆炸，根本沒有必要堅持用釣的。
絕對不是輸不起啦。
「總之，我們回家吧。」
「是——」
「知道了。」
釣到的魚都用魔術瞬間冷凍後帶回家裡。
途中有想過要不要乾脆把魚烤了吃掉，不過派對這種聚會就是要餓著肚子參加。
魚可以留到明天或後天再吃。

回家的路上。
愛夏和諾倫開開心心地討論今天誰釣到的魚比較多，誰釣到的魚比較大。
我和洛琪希跟在她們身後。
洛琪希露出像是總算達成一個目標的表情。

她和諾倫之間一直有點尷尬，不過這次之後，兩人的關係應該會開始改善。

「我們回來了！」

「慶祝吧！」

我們剛踏入家門，掌聲隨即響起。

即使整體聽起來有點稀疏，卻都是最真心誠意的掌聲。希露菲、莉莉雅還有塞妮絲都來到玄關。

塞妮絲只是一臉茫然地呆站著，不過我總覺得她臉上帶著笑意。

「咦！」

這突如其來的安排讓諾倫驚叫出聲，愛夏則停下動作。配合前方三人，站在後面的我和洛琪希也拍起手來。

還在混亂的諾倫回過頭來又「咦」了一聲。

她好像無法理解這是發生了什麼事。

「來吧，大家去餐廳吧。」

我催促困惑的諾倫和起疑的愛夏前往餐廳。

餐廳的布置顯得有點樸實，不過還是很漂亮。

雖然沒有拉起橫幅布條，但是牆上裝飾著花朵，擺放在各處的燭台也散發出光芒。

另外，桌上鋪了白色桌巾，還擺上花瓶和盤子。

已經準備了飲料，卻沒有看到餐點，大概等一下才會送上桌。

桌子的一端，所謂的壽星席那裡排列著兩張椅子。

我讓兩個妹妹在壽星席就坐。

「為什麼？咦？」

諾倫還是一臉感到不可思議的表情。

「啊，嗯～原來是這麼一回事啊～」

然而，愛夏卻咧嘴一笑。果然她已經有所察覺，真是聰明的孩子。

看到兩人都坐好以後，莉莉雅協助塞妮絲坐下。

希露菲和洛琪希也跟著她依序就了定位。

確認所有人都坐下之後，我「嗯哼」咳了一聲。

「轉移事件之後已經過了七年。雖然花了這麼長的時間，不過全家人總算團聚了。父親已經離我們而去，母親的記憶不知道能不能恢復。可是，如果我們一直沉溺於悲傷，過世的父親也不會開心。所以我認為我本身……還有大家都應該常保笑容。或許有人會覺得這種行為過於輕浮隨便，但是全家人重逢後的盛大慶祝會也是父親的遺願。所以今天就依照他的遺志，大家一起盡情熱鬧一番吧。」

等全家人都團聚之後要舉辦一場派對……這是保羅以前在信上提過的願望。

保羅本人已經辭世的現實雖然讓人寂寞又悲傷，然而今天也算是為了保羅，我想要好好慶祝。還有諾倫和愛夏，我希望她們今後能以積極樂觀的態度活下去。

……話雖如此，在這種場合發表長篇大論只會變得很像說教，其實沒有什麼好處。

如果想讓兩個妹妹覺得未來充滿期待與樂趣，就算我仔仔細細地囉唆一堆往事也不會有任何正面效果。只有在感到辛酸痛苦的時候，才有必要去回憶往事，回想轉移事件導致一家離散的那段辛苦時期。因為過去的痛苦經驗將會成為支撐現在的基礎。

「乾杯！」

所以，我中止自己的演說，高高舉起手中的杯子。

「乾杯！」

除了諾倫，所有人都跟著靜靜舉起杯子。

只剩下她依然還沒進入狀況。

愛夏似乎已經完全理解，嘻嘻笑個不停。

話說回來，我本來想說些正面話題，結果說不定反而讓氣氛變沉重了。不行不行，必須讓大家露出笑容。

「希露菲！」

「啊……好！」

聽到我的呼喚，希露菲立刻開始行動，這就是所謂的默契十足。

她從桌子底下拿出事先準備好的東西——

兩個包裝精美的大盒子，然後把其中一個交給洛琪希。
接下來，希露菲和洛琪希分別把手上的盒子遞給愛夏和諾倫。
「十歲生日快樂！」
「生日快樂。」
不要說諾倫，恐怕連愛夏都沒聽懂希露菲她們在說什麼。
「那個……我們已經十一歲了……」
這可能是我第一次看到愛夏露出這種完全狀況外的表情。
就算是愛夏，大概也沒有預料到會有禮物可拿吧。
自己就是想看到這樣的表情。
「嗯，可是我們在妳們十歲時沒能幫忙慶祝。所以魯迪他說只不過是慢了一年而已，現在補送禮物應該也沒問題。」
「是哥哥的提議……？」
愛夏似乎滿心感動，用力抱緊剛剛拿到的盒子。
然後轉頭看向莉莉雅，莉莉雅也以溫柔的表情對她點了點頭。
於是愛夏又重新轉向希露菲，臉上滿是掩不住的興奮。
「我可以打開嗎？」
「當然可以。」

聽到這句話，愛夏開始動手。

可能是因為太感動而愣愣來回看著我和禮物的諾倫也跟著行動。

她們原本想一口氣把包裝布撕破，卻同時打消念頭。

改為慢慢解開緞帶，再把漂亮的包裝布一層層攤開。

不知道為什麼，兩人的動作完全同步。這種地方就看得出來是姊妹。

「哇！是靴子！諾倫姊的是什麼？」

「妳看，愛夏！我的是大衣！」

看到禮物，兩人都很高興地笑了。既然她們這麼開心，送禮的人也感到滿足。

「妳們都收到了很棒的禮物呢。」

原先在旁邊微笑的莉莉雅和塞妮絲也靠了過來。

「啊！媽媽！妳看！」

諾倫攤開大衣，在塞妮絲面前展示。

塞妮絲當然沒有反應，讓我衷心感到遺憾。

其實，塞妮絲是在這種場合會特別激動的類型。像我五歲生日時，她非常興奮地送了我一本植物辭典，臉上的表情就像是在說：「如何？還是我最了解魯迪的興趣吧」。

如果塞妮絲是正常狀態，一定會像個小孩子那般，和諾倫一起吵吵鬧鬧吧。

看到塞妮絲現在這種面無表情的模樣，我感到很悲傷。

一旦她恢復正常並得知保羅的死訊，或許會時時掛著傷心的表情。

然而就算是那樣，現狀這種完全沒有反應的樣子還是讓人心痛。

我才剛想到這裡，下一瞬間——

——塞妮絲微微一笑。

「……咦！」

這抹微笑迅速消失，猶如曇花一現。說不定只有我一個人看到。

「她剛剛……是不是笑了？」

不，大家都看到了。

莉莉雅、愛夏、希露菲，還有洛琪希，大家都滿臉驚訝地看著塞妮絲。

「……媽媽。」

正面看到這個微笑的諾倫睜大雙眼，以一臉快要哭出來的表情回望塞妮絲。

「……」

塞妮絲依序摸了摸諾倫和愛夏的頭。

動作看起來比平常更加溫柔。看到女兒們的成長，她也感到很開心。

「夫人……太好了……」

莉莉雅靜靜地抱住塞妮絲的肩膀，臉上那種淚水即將奪眶而出卻又帶著笑容的表情真的非常罕見。

表情依舊一片茫然的塞妮絲輕輕撫摸著莉莉雅的手。

莉莉雅咬住嘴唇，似乎是在強忍淚水。

「這是我和夫人送給妳們兩人的禮物。」

讓塞妮絲坐下後，莉莉雅才另行拿出禮物。

那是兩條繡著美麗花朵的手帕，看起來一模一樣。

「謝謝妳，莉莉雅小姐。」

諾倫直接收下，愛夏卻有點猶豫。

或許是接受相同禮物的行為讓她覺得有點異於平常。

「那個，媽媽……我也可以收下嗎？」

「嗯，當然可以，因為妳也是保羅老爺的女兒。」

我不知道莉莉雅的心境發生了何種變化。

明明她以往都囑咐愛夏必須徹底以女僕自居。

「但是妳記住，今後務必也要繼續尊重諾倫大小姐和魯迪烏斯少爺。」

「……知道了，媽媽。」

算了，只能說莉莉雅還是莉莉雅。不過，雖說嘴上如此叮囑，然而最近不管是在發言用詞還是其他方面上，都沒有看到莉莉雅嚴厲教育愛夏的狀況。
我想莉莉雅也有她自己的各種考量吧。
莉莉雅回到座位後，塞妮絲把手放到她的肩膀上。
「夫人……」
「……」
莉莉雅也伸手握住塞妮絲放在她肩上的手，以平靜態度致謝。
「謝謝您。」
看在我的眼裡，總覺得兩人之間似乎進行了無聲的交流。
旁邊的洛琪希以感慨萬千的態度看著這個光景，讓我留下深刻的印象。
「嗯？」
自己正在觀察洛琪希，卻有人從背後拉了拉我的袖子。
不知道是誰的我回頭一看，原來是希露菲。她手裡又拿著一個盒子，不過並不是剛剛送給妹妹的那兩個禮物。對了，可不能忘了這件事。
「洛琪希。」
洛琪希回過身來。她看到我和拿著盒子的希露菲，不解地歪了歪腦袋。
「有什麼事嗎？」
希露菲負責回答。

「來。這個……是我們送妳的禮物。」

「咦？噢……這……這是什麼的禮物？」

「是結婚賀禮啊。洛琪希，恭喜妳和魯迪結婚了！」

希露菲這樣說完，把盒子遞給洛琪希。

「來，打開來看看吧。」

在希露菲的催促下，洛琪希依言打開箱子。看到裡面的帽子後，她瞪大雙眼。

「那個……希露菲，魯迪，這是？」

「洛琪希，我們也要像塞妮絲小姐和莉莉雅小姐那樣，兩個人好好相處喔。」

笑著說出這句話的希露菲宛如天使的化身。

看到她的笑容，洛琪希咬緊嘴唇，微微低下頭，把帽子緊抱在胸前，然後用幾乎聽不見的音量說道：

「真的……很謝謝妳，希露菲……」

洛克希的眼中閃著淚光。

後來我才知道，洛琪希就是在這個時候才初次實際感受到……她真的獲得了希露菲的認可。

拆完禮物之後，派對進行得很順利。

首先是蛋糕被送到了桌上。這個蛋糕類似烤得很鬆軟的海綿蛋糕，不過沒有使用鮮奶油。裡面混入大量的果乾，蛋糕本身有點苦，是靠著水果的甜味來平衡口味。我以前在阿斯拉王國吃過同樣的東西，記得是在布耶納村過五歲生日時有吃到，十歲生日那次好像也有出現。

真是讓人懷念，不知道艾莉絲現在過得好不好。算了，那傢伙大概去到哪裡都很有精神。會不會跟我一樣結婚了呢……不可能，要是有人能和那個艾莉絲交往，我會很尊敬對方。

我找莉莉雅請教了一下關於蛋糕的事情，聽說這是阿斯拉王國的傳統糕點。

通常有喜事的日子就會準備，但是保羅不喜歡，所以她以前幾乎沒做過。

居然還挑食，真的很有保羅的風格。

希露菲好像趁這次學會了做法，以後就由她負責。

諾倫吃得很開心，自己也不討厭這種味道。

不過呢，愛夏似乎實在無法接受，想要把果乾挑掉。

看到她的行為，莉莉雅雖然開口斥責愛夏不該挑食，卻也笑著說這樣會讓人回想起老爺。

因為愛夏跑來撒嬌要我幫她吃，我決定把瘋狂喜歡甜食的洛琪希也拖下水。

本來也沒想很多，只是覺得要是能看到兩個人互相餵食對方一定很有趣。

然而洛琪希好像誤會了什麼。

「愛夏小姐，妳或許是身在福中不知福。要知道真正餓肚子的時候，有時候甚至連毒蠍子都得吃下去。」

「咦……啊……是。」

結果她開始說教。

以前基列奴好像也提過類似的事情，冒險者都那樣嗎？

我在魔大陸上旅行時，也有一段時期必須強迫自己接受難吃的食物，不過應該沒有吃過有毒的魔物。

這是不是代表我也是日子過太爽？

「居然想把這種又甜又好吃的食物剩下來，實在太沒天理了。乖乖吃掉。」

「是。」

洛琪希的氣勢並沒有那麼強烈，不過相當有說服力，愛夏難得被鎮懾住。

她安靜地吃起蛋糕，說不定這是我第一次看到愛夏這麼老實地服從命令。不，其實她對我的發言也都有確實聽從。

不過仔細想想，改善挑食是很重要的事情。

即使對象只是個蛋糕也一樣。

自己又差點做錯事。不愧是洛琪希，果然細心。

「如果妳實在飽到吃不下去，我可以幫忙吃掉。」

順便說一下，洛琪希自己的份已經吃光了。嗯，不愧是洛琪希。

「我的肚子已經飽到實在吃不下了。」

愛夏立刻開口回答，快到讓洛琪希忍不住再度開始說教。

「不可以！乖乖自己吃掉！」

我和希露菲都很少訓斥愛夏。而且或許是因為我這樣做，感覺連莉莉雅也受到影響開始自制。

愛夏雖然很聰明，但是她才十一歲，或許需要一個會訓斥她的大人。

洛琪希和妹妹們的關係變好了。不知不覺之間，諾倫和愛夏也不再吵架了。

塞妮絲的狀況也確定有順利慢慢好轉。我覺得家人之間的關係變得更為親近緊密。

今天的派對很成功，宴會果然是很棒的活動。

等諾倫和愛夏十五歲的時候，我也要幫她們盛大慶祝一番。

——**學校的傳言．其之九「龍頭老大是光頭」**——

第十話「再度遭逢爭執場面？」

季節轉換，窗外開始飄下片片雪花。

這個拉諾亞王國即將進入冬季。

這裡的冬天既漫長又寒冷，而且缺乏物資。一部分家庭必須趁現在先做好過冬的準備，否則有可能會凍死。

我家因為比較富裕所以沒有問題，不過還是為了以防萬一，在後院裡堆起小山般高的柴薪，在地下倉庫內儲存了耐久藏的食品。

我已經針對冬季做好萬全準備。接下來要做的事情只剩下配合冬眠季節窩在家裡不出門，和兩個老婆相親相愛卿卿我我。

然而就是在這種時期……我再度見到那名女性。

★★★

「魯迪，我和希露菲從明天起要去處理必須外宿的工作，你要不要一起來？」

某一天，洛琪希講出這種話。

我們正在吃早餐。

「這句話的意思是要我去參觀教學？」

我忍不住這樣回問，洛琪希卻以聽不懂我在說什麼的表情看向這邊。

原本以為洛琪希是要讓我看看她工作時的颯爽英姿，實際上似乎不是那麼一回事。

「不，只是普通的工作，不過好像可以拿到額外的獎金。」

「工作？」

「嗯……聽說是拉諾亞的王族要進行巡禮之旅——」

繼續確認詳情後，才知道這個工作似乎和拉諾亞王族的巡禮之旅有關。

拉諾亞的王族有個義務，必須在成人後隨即接受考驗出外旅行一趟。

雖說是旅行，其實也只是花上大約半年的時間，前往國內的固定幾個地點。

不過既然是考驗，這趟旅行只能帶著少數護衛，而且必須由王族自行準備。

親自觀察，親自僱用，以自己的雙腳在國內移動，以自己的眼睛來確認現狀。

藉由這些行動，以求成為更優秀的王族……這就是拉諾亞王國著名的「成人之巡禮」。

話雖如此，既然這件事已經成了著名事蹟，各都市的首長其實也都知道王族成員會微服旅行。

不光是知道，還會進一步仔細確認王子和公主的年齡，詳細調查哪位成員準備在何時進行巡禮之旅。

這種行徑聽起來和跟蹤狂沒兩樣，不過就算是微服外出，萬一王族在自己管理的地方出了問題或是受了什麼重傷，中央給予的評價還是會因此下滑。

所以站在各都市首長的立場來看，他們甚至想派出以百人為單位的護衛來保護王族。然而再怎麼說這都是微服進行的考驗，實際上禁止那樣做。

但是，王族主動提出要求時可以另當別論。

這次是擔任王族護衛的冒險者隊伍裡的魔術師和治癒術師同時生病，只能暫時休息。雖說不需要療養太久，可是冬天的腳步已經接近。這一帶只要進入冬季就無法移動，王族必須在冬季到來前結束巡禮並回到首都才行。

那麼，講到這位王族到底被困在哪裡……其實就是此地，魔法都市夏利亞。

因此，王族請求魔法都市夏利亞代為安排幾名護衛。

對於這個請求，魔法都市夏利亞的市長和魔法大學與魔術公會進行協議，討論該讓哪個人擔任護衛。結果，有個人物中選。

原本身為冒險者，旅行經驗豐富，能夠使用實用的攻擊魔術，又只是新手教師，負責的工作並不多的人物。

沒錯，就是洛琪希。他們做出洛琪希正是適任護衛人選的結論。

考慮到她的實力，這可以說是理所當然的結果。

「……咦？可是，為什麼這件事演變到後來，連希露菲也要同行？」

「因為愛麗兒大人說她無論如何都想和那位拉諾亞王族建立交情。」

然後，愛麗兒也跑來搭了便車。

趁著這個機會，擁有牢靠情報網的愛麗兒接近拉諾亞的王族。大概是覺得就算交情無法深入也還是要先結識對方吧。

「是嗎，換句話說希露菲和洛琪希等於是王族們的護衛。」

「嗯，還有路克先生也是。」

我覺得路克應該算是被護衛的那一邊，不過還是別講出來好了。

「雖然有希露菲在應該沒問題，不過這次有愛麗兒殿下和拉諾亞王族共兩位護衛對象，而且巡禮用的祠堂似乎在森林裡……再加上我這個人該怎麼說，是那種在緊急狀況下會粗心犯錯的類型，所以不由得有點擔心……」

「妳何必妄自菲薄……」

「為了讓工作確實成功，我找了希露菲商量該怎麼辦，結果她提議可以請你協助。畢竟現在這城鎮裡最強的魔術師就是魯迪你……」

先不討論自己到底是不是最強，總之我可以理解洛琪希的不安。

愛麗兒和拉諾亞的王族。

保護這兩人的護衛是一名拉諾亞騎士，還有希露菲跟路克。

再加上少了兩名感冒的成員，目前還不確定能否派上用場的冒險者們。

清楚實力又可以倚靠的同伴只有希露菲一個……不，以洛琪希來說，她對希露菲的實力也不是那麼了解吧。不管怎麼樣，也難怪她會覺得不安。

「如果大家都一起去，不會影響到露西嗎？」

「不要緊。有蘇珊娜小姐在，而且交給莉莉雅小姐照顧想必也沒問題。」

回答的人是站在旁邊的希露菲。

也對，有莉莉雅和愛夏，就算我在家也無法幫上什麼忙。

在照顧露西這件事上，希露菲才重要。

那麼自己與其留下，還不如加入護衛的行列，讓大家可以早日完成任務返家還比較好。

「我明白了，那麼我也去吧。」

如此這般，我接受了洛琪希的請託。

畢竟這也是教師的工作。只要洛琪希能立功，說不定會成為升遷的助力。

隔天，我和洛琪希一起造訪魔法都市夏利亞裡的S級冒險者用旅館。

這裡比我和洛琪希、希露菲三個人一起去過的那家旅館還高級。

明明說是接受考驗，卻住在這麼豪華的地方。

只能說王族果然就是王族嗎？

「哎呀，原來阿斯拉王國也會在王宮裡建造庭園嗎？」

「嗯，這樣聽起來，拉諾亞王國也是嗎？」

「是！看來這方面在哪個國家都一樣呢！嘻嘻，真有趣！」

我和洛琪希抵達時，愛麗兒一行人已經先到一步，正在和拉諾亞王族一起喝茶。

坐在愛麗兒前方的人是一名年約十二歲的少女。聽說王族是在成人後才進行巡禮，所以她大概已經十五歲了吧，只是外表看起來比實際年齡幼小。

兩人後面站著路克和工作中的帥氣希露菲。

還有一個年紀稍長，想必是公主護衛的女騎士。

「來者何人！快點報上名來！」

女騎士一看到我們，立刻擋在兩名公主的前方，毫不客氣地打量著這邊。

「初次見面，我名叫洛琪希．M．格雷拉特。今天是為了擔任公主殿下的護衛而前來拜見，還請多多指教。」

「我是同樣要擔任護衛的魯迪烏斯．格雷拉特，請多多指教。」

「噢，原來是你們……我方有收到聯絡。我是騎士葛瑞絲，今天請多關照。」

女騎士看到洛琪希後露出欲言又止的表情，不過最後還是沒特別講什麼，只說了這句話就退回後方。

我猜八成是看到洛琪希的外表後覺得她未免年紀太小，還懷疑起這種人是否真的是魔法大學選出的護衛。

之所以沒有實際問出口，或許是因為她擁有優秀的溝通能力。

不，根據愛麗兒臉上的詭異笑容，肯定是她事先已經幫忙說明過了。

真危險，要是洛琪希在這裡被批評像個小孩、看起來很不可靠或是根本不像教師，我的魯迪砲絕對會激烈噴發。那樣一來，洛琪希升遷的機會將化為泡影。

「我原本聽說另外還有幾位冒險者……」

「那些人目前暫時離開去進行準備，你們在此稍待。」
「是。」
我本來想找張空椅子坐下，洛琪希卻站到希露菲他們旁邊。女騎士也回到先前的位置，挺直身子連一動也不動。
看樣子現場只有公主等級有資格坐下，我也乖乖站著吧。
「愛麗兒大人已經來我國多久了呢？」
「這個……扣掉旅行期間的話，馬上要滿六年了。此地已經可以算是我的第二個故鄉。」
「啊……不過既然已經六年，表示您明年會畢業……很快就要學成歸國。我好不容易才跟您結識……」
「就算暫時分離，只要阿斯拉王國和拉諾亞王國建立起邦交，總有一天彼此能再相見。」
話說回來，拉諾亞的公主殿下長得相當可愛。
自己曾在某地聽過拉諾亞王族都是俊男美女的傳言，看來那是事實。
即使待在愛麗兒身旁也不怎麼遜色，不過無疑是愛麗兒比較漂亮。
只是愛麗兒的手腳未免也太快，感覺兩人已經成了摯友。
「到底要我說多少次！」
我一邊聽著兩人閒聊同時讓自己放空等待了一陣子後，入口那邊突然傳來說話聲。
「妳也差不多該懂事了吧！」

「要我懂事？妳忘記上次那件事了嗎？都是因為那些笨蛋只會做一些多餘的事情，蒂娜和梅拉妮才會差點被害死！所以我堅決反對！」

「也沒辦法吧，這次就是那種委託。」

「哪裡沒辦法！妳不在意嗎？妳可以把自己的背後交給那種來歷不明的傢伙嗎？」

「我也不想交給那種人啊。」

邊爭論邊進來的人是穿著旅行用裝扮的女性……再來還是女性跟女性，清一色都是女性。

帶頭的是一個虎背熊腰的高大女子，讓我聯想到基列奴。不過這人身形更加魁梧，簡直跟岩石沒有兩樣。接下來是一個把暗褐色頭髮全部往後梳，額頭上還有十字傷痕的女性。她動作矯捷，深沉的眼神讓人覺得想必身經百戰。

兩人的年齡大概是三十歲上下吧。

看她們腰間的佩劍，應該都是前衛。

兩人都面貌凶惡，舉止俐落，看起來就是擁有充足實力的戰士。

不愧是夠格擔任公主護衛的人選。

順便說一下，在爭論的不是這兩個人，而是跟在後面的另外兩個人。

「對吧！所以與其讓奇怪的傢伙加入，由我一個人負責絕對會比較好！」

以激動態度走進來的是一臉不高興的年輕女性，年齡大概十五歲。

跟一開始的兩人相比，只能算是菜鳥。

話雖如此，既然她能加入這種戰鬥經驗豐富的隊伍，想必是擁有夠格的實力。

根據她手上的魔杖，可能是魔術師或治癒術師，或是兩者兼任。

「我可不認為自己的實力有優秀到足以把後衛交給妳一個人負責……」

至於最後一個人。

「或者該說，如果妳想被視為高手，必須讓自己無論碰上什麼樣的人都能配合對方行動。因為所謂的冒險者並不是可以一直和同樣的人組隊。」

同樣也是女性。

她拿著弓，在冒險者中很少看到這樣的人。

若要作為冒險者的武器，殺傷力比不上劍和魔術的弓很難受到青睞。

我曾經在這一行打滾了幾年，只見過一個用弓的人。

「啊。」

恐怕在這一帶，也只有一個弓箭手。

當然，我認得那個持弓女性的臉孔。

走進房間看到我之後，她一臉驚訝地停下腳步。

「……原來是你。」

這句脫口而出的喃喃低語想來並不是在對我說話，而是她的自言自語。

看到她停下腳步，原本滿臉不高興的少女換上懷疑表情發問。

「那是誰？莎拉認識的人？」

「……算是吧。」

過去差點和我建立起戀愛關係的女性就在眼前。

★　★　★

莎拉。

自己恐怕無法把她忘掉吧。

我和艾莉絲分手後，立刻認識了冒險者隊伍「Counter Arrow」。莎拉是隊伍裡最年輕的成員，也是一名弓箭手。個性大剌剌又不服輸，不過腦袋還算不錯。

由於「Counter Arrow」成員之一的蘇珊娜對我特別照顧，自己曾經多次和他們一起承接委託。內容包括討伐魔物族群，或是前往人魔大戰時代建造的地下堡壘收集雪龍獸鱗片等等。另外，還發生過其他很多事情。

在這段過程中，莎拉對我有了好感。

……我想應該是有了好感沒錯。

至於我對她的感覺，其實連自己也不太確定。

因為在我確認之前，彼此的關係就有了進展，然後我發現自己得了ＥＤ，自暴自棄到藉酒消愁，還跑去妓院縱欲享樂，一時得意忘形就講起莎拉的壞話，結果卻被她本人聽到，最後狠狠被甩。

我的內心留下深深傷痕，莎拉想必也因此受傷。

然而，這已經成了往事。我和她斷絕關係，開始走上完全不同的路。

一切都結束了，自己再也不會見到她。

……我原本那樣認為，不過人生居然會發生這種事。

在工作時碰上前女友。

不過，工作就是工作。我想以平靜態度對應，避免把往事牽扯進來。

況且基本上，事到如今才把當時的事情又翻出來說三道四的行為根本是搞錯了重點。

「那麼在公主她們回來之前，要先準備好飲食！」

後來我們組成隊伍，前往附近森林裡的巡禮用祠堂。

「呼～哎呀，怎麼說，這次真是輕鬆。」

「突破轉移迷宮的魔法大學教師……這個傳言似乎是真的。」

「總覺得自己多有冒犯！一開始還那麼自大……對於真正該如何把注意力分配在攻擊魔術與治癒魔術上的理論，我實在非常佩服！我完全沒想到居然有人可以像那樣整理出井井有條的理論，而且還能夠真正實踐！」

我的努力或許沒有白費，工作中並沒有出現尷尬的氣氛，一切都進行得很順利。

可以說是順利到無法更順利了。

剛開始，全數由女性構成的S級冒險者隊伍「Amazones Ace」因為洛琪希的外表而對她敬而遠之，還表現出「咦？這女孩沒問題嗎？」的懷疑態度。

特別是那個最年輕的成員，甚至當著洛琪希的面放話說不願意和這種小鬼一起工作。

然而我們離開城鎮，和魔物戰鬥過幾次後，這個評價轉了一百八十度的彎。

明明是臨時湊成的隊伍，洛琪希卻把後衛的工作處理得無懈可擊。

她在完美的時機施展攻擊魔術，也在完美的時機使用治癒魔術。

洛琪希擁有隻身突破迷宮的經驗，本領遠遠凌駕於一般魔術師之上。

而且，就算把因為生病而缺席的兩個魔術師相加起來，似乎也還比不上她。

聽到「Amazones Ace」眾人從先前開始誇獎洛琪希的各種讚美，我忍不住挺起胸膛，很想一臉得意地大聲炫耀她是我的師傅。

「那個，魯——」

「啊！飲食由我來準備吧！畢竟我在戰鬥時都沒有派上用場！所以請交給我處理！別看我這樣，其實很擅長料理喔！」

「……」

這樣做的代價就是讓我的行動看起來很像是在刻意避開莎拉……這也沒辦法。

我在準備餐點時莎拉也一直惡狠狠地瞪著這邊，但是和她對話顯然會導致氣氛變差，因此完全是逼不得已。

無可奈何就是無可奈何。

現狀能夠如此順利，可以說是自己努力維持正常氣氛的結果吧。希望大家以後可以稱呼我是魯迪烏斯牌空氣清淨機。

不，其實我很清楚自己根本沒有多少影響力。「Amazones Ace」的成員都很優秀，也和洛琪希聯手發揮出巧妙的增效作用，這才是氣氛和睦的最大因素。

結果我和希露菲根本沒有必要出手，一行人順利到達巡禮的祠堂。

現在，公主和隨侍的騎士一起進入祠堂，獻上巡禮的祈禱。

祈禱完之後，接下來只要回到城鎮，這次的任務就大功告成。洛琪希的評價會扶搖直上，在魔法大學的評鑑成績也會一口氣提高，被任命為學年主任的日子想必不遠了。

「……」

「……」

不用說，莎拉當然很不高興。

她現在悶不吭聲地瞪著我。

這也難怪，因為她一直被我無視，感到不爽也很正常。不過即使是這樣，大概還是比翻起舊帳的氣氛好一點。

我希望坐在旁邊的希露菲可以伸出援手，但是她也不發一語。

甚至有種連她也在瞪我的感覺。

說不定希露菲是想保護我，也或許是怕我又拈花惹草。

還有可能是看到我一直無視莎拉，她有什麼話想說。

不管怎麼樣，因為希露菲也都沒說話，現場成了宛如黑洞的超重力空間，讓我如坐針氈。

（……魯迪，你起碼該跟她談一談吧？）

這時，希露菲以只有我聽得到的音量低聲說道。

呃，其實我也覺得要是能以隨和輕鬆的態度和莎拉對話就好了。

畢竟莎拉剛剛是以輕鬆的態度來找我，自己也該放寬心讓過去種種全都隨風而去。

可是回想起以前的事情，果然還是沒辦法那麼豁達。

我現在覺得早知道至少該先把莎拉介紹給希露菲和洛琪希認識，不過莎拉已經放棄找我搭話，選擇保持沉默。

早該在事態演變到這種地步就前想辦法解決，結果我卻失敗了。

（唔……）

最好聊點什麼話題。

仔細想想，根本沒有必要完全無視對方，莎拉想必也很火大。

早知如此，或許最少該跟她公事公辦地講個幾句話會比較好。

話雖這麼說，事到如今要我主動開口也有困難。

畢竟我沒有話題。

如果要我主動開口，只能想到可以用當時的事情作為起頭。可是那樣一來就會翻出過去的舊帳，自己和莎拉都會很尷尬……我只能想像出那樣的結果。而且根據對話內容，有可能會讓坐在我旁邊的希露菲也感到不快。

果然緘口不言才是比較好的選擇。

至於破壞團隊氣氛的問題，等這趟委託結束時再謝罪吧。

為了洛琪希的升遷，此時我必須繼續忍耐。

「洛琪希小姐，等回到城鎮之後，在我們踏上旅途之前，能請妳指導我魔術嗎？」

「可以啊。」

「那麼洛琪希小姐，我可以稱呼妳為姊姊嗎？」

「咦……不，那是……算了，其實也沒什麼關係。」

「太棒了！洛琪希姊姊！」

嗚嗚，這裡和洛琪希那邊的溫度未免相差太多。

我想加入她們那邊，也想聽到洛琪希叫我哥哥大人。好，回去以後試著要求她玩一下這種扮演吧……不過感覺洛琪希會生氣，因為她原本就很介意自己的年幼外表。

「……唉～總覺得有點口渴。」

這時，愛麗兒很刻意地說出這句話。

口渴只要喝水就好了吧？我看向她那邊，卻發現她也在看我。

「路上有看到黃色的果實吧？很抱歉提出這種任性要求，但是我想吃吃看那個，可以麻煩妳去摘來嗎？」

愛麗兒這樣說完，看向莎拉。

被點名的莎拉露出不解的表情，卻還是立刻起身像是已經放棄抵抗。

「知道了，我去摘。」

「在森林裡獨自行動恐怕不太妥當呢。魯迪烏斯同學，菲茲，請你們跟著一起去。」

這……難道是愛麗兒考慮到我們的狀況，所以幫忙安排機會嗎？

因為她不喜歡這種沉重的氣氛，才希望我們離遠一點趕快把話說開嗎？

「不，魯迪一個人就夠了吧，我要陪在愛麗兒大人身邊。」

我正在思考，希露菲卻表示不同意見。

「他一個人沒問題嗎？」

「沒問題，他不會逃避。」

逃避。是嗎，自己是在逃避嗎？逃避莎拉跟那天的事情。

不過，我已經沒有理由逃避。我現在有了希露菲，還有洛琪希。ＥＤ治好了，甚至還生了孩子。

「是。」

既然這樣，當然不能一直逃避下去。

如此這般，我跟著莎拉移動，前往長著黃色果實的地方。

兩人一起採摘靠近地面生長的黃色果實。

算了，總之還是主動搭話吧，畢竟希露菲還特地讓我們兩個出來。

必須試著換個心態。

莎拉是隔了很久才難得又見到面的舊識。如果就這樣無視彼此，等完成工作後再度各奔東西，不是有點寂寞嗎？就以這種心態來面對她吧。

「原來妳有繼續當冒險者。」

這是我的第一句話。

「你這話是什麼意思？」

她回話的口氣有點嗆。

我不能就此畏縮。

冷靜下來，自己並不是認為莎拉沒辦法靠冒險者這一行活下去，莎拉也沒有誤以為我是那種意思。這是不經粉飾的態度，我記得她本來就是這種個性。

「因為『Counter Arrow』解散，蘇珊娜和提摩西也結了婚然後不當冒險者了吧？所以我有點好奇另外兩個人怎麼樣了……帕特里斯呢？」

「帕特里斯加入和我不同的隊伍。我不知道他後來怎麼樣了，如果還健康，應該會繼續當冒險者吧。」

帕特里斯是個戰士，和莎拉和蘇珊娜同樣隸屬於「Counter Arrow」這支隊伍。

我現在只記得他是性格不錯的傢伙。

「妳自己後來怎麼樣了？」

「我後來換了好幾個隊伍，差不多在升上A級的同時被現在的隊伍挖角，之後就一直沒變。」

全部由女性組成的冒險者隊伍「Amazones Ace」。

仔細想想，成員都是美女。隊長身材魁梧但五官端整，副隊長臉上有傷卻是美人胚子。看起來年紀最小的女孩有點自大，不過算是可愛的那型。

雖然還是比不上洛琪希和希露菲啦。

「我還是第一次看到這種只有女性的冒險者隊伍。」

「聽說低層級滿多這種隊伍……只是到了C級以上，實力會變得比性別更加重要，所以應該不多吧。」

「是喔……」

我記得在魔大陸上沒有照性別來組隊這種事，但是那裡特別不一樣吧。就算是比較安全的地區，魔物的強度也是D級以上。

「我是第一次加入這種隊伍，其實全是女性也有不少好處。有時候還會跟這次一樣，碰到委託人特別眷顧的狀況。」

「要護衛公主，當然是女性隊伍最適任嘛。」

只有公主和女騎士的旅程要是找一大堆粗魯男人來護衛也很危險。

冒險者只要剝下表皮就是些粗暴無禮的傢伙，無法預測會發生什麼事。

如果是大型集團（Clan），這種問題應該會比較少；然而和只有女性的安心感相比，還是不得不降低一個層級吧。不過呢，我還是覺得就算只有女性，也不見得就會對女性很好。

「不管怎麼樣，待在這裡讓人感到很輕鬆，也不會發生什麼感情糾紛的問題。」

聽到這句話，我忍不住苦笑起來。

如果我當時正式加入「Counter Arrow」，還和莎拉牽扯感情糾紛，現在一定更加尷尬吧。

只是這句話讓我想到「Amazones Ace」裡那個最年輕的女孩。

每次休息，她都會逮住機會對著隊長或副隊長大叫「姊姊」然後抱上去。發現洛琪希很優秀後，她也跟前跟後，一有機會就摟摟抱抱。而且這種時候，她還會對我吐舌頭。

「……真的沒有感情糾紛的問題嗎？」

「咦？噢，你是在說她啊……嗯，也有那樣的人，不過兩個女性也不會搞大肚子，所以意外能夠和睦相處。」

莎拉聳著肩膀回答。

是嗎是嗎，能夠和睦相處嗎，那就算了。

自己和莎拉之間雖然有著苦澀回憶，但我並不是希望她遭遇不幸。

如果每個人都可以開心健康地活著，當然是再好不過的事情，嗯。

「我才想問你那邊如何？」

「哪方面如何……？」

「我聽說你已經結了婚還生了小孩，和兩個妻子每天都處得很好。」

「聽誰說的？」

「蘇珊娜，她之前寄信給我……」

我覺得莎拉的語氣裡似乎帶點責備的意思。

這也當然，自己之所以和她分手，是因為我不舉導致無法和她發生關係。

結果這樣的我卻和別的女人……而且還是和兩個女人結了婚，每天卿卿我我。莎拉當然會覺得心裡不好受。

雖然追根究柢來說是因為我得了ＥＤ，不過莎拉知道這件事嗎？

我記得自己沒有特地告訴蘇珊娜……

算了，其實怎樣都好。就算起因是ＥＤ，但到頭來還是該歸咎於自己講了莎拉的壞話，而且被她聽到。如果她內心對我的評價並沒有改變，我就是一個把正在追求的女孩拿去和妓女比較的混帳傢伙。

這種人在工作時出現，還刻意徹底無視自己，就算是佛也會發火。

「那個，總之……對不起。」

「我並不是想要求你道歉！」

莎拉突然大叫，然後站了起來。

她的臉頰漲紅，嘴巴抿得死緊，身子還不斷顫抖。

不妙，我好像惹她生氣了。果然還是不要找她說話比較好嗎？不，放馬後炮也沒用，這下該怎麼辦？

「呃……」

莎拉用力轉開臉，背對著我坐下來。

我慢慢站起來避免刺激到莎拉，然後探頭觀察她的表情。

她板著臉看向地面。不過這表情與其說是在生氣，反而更像是感到消沉。

「……莎拉？」

「魯迪烏斯。」

「抱歉，我知道妳並不是希望我道歉，但我還是要道歉。該怎麼說？我還是很介意和妳分手時的事情，因為那不是讓人好過的場面。所以，我也不知道究竟該說些什麼才對。不過，我不該故意對妳視而不見，對不起。」

「所以啊，我不是說了自己並不是想要求你道歉嗎……」

莎拉嘆了口氣，抬頭看向這邊。

如果不是希望我道歉，她到底是什麼意思呢？

早知道我應該先請教一下希露菲。

「我可以坐在妳旁邊嗎？」

「這樣好嗎？你老婆會生氣。」

「摘完這些果實回去以後，我會立刻說明。」

「……啊，原來那個人就是你老婆啊。」

「蘇珊娜的信裡沒寫到？」

「只有提到希露菲葉特這名字……因為，一般根本不會想到剛好就是公主的護衛嘛。」

也對，蘇珊娜也不可能連我老婆長怎麼樣都寫得一清二楚。

「不過……是嗎，難怪……」

「還有水藍色頭髮的那個魔族女性也是。」

「咦！那個人也是……？哦……哼……」

我在似乎莫名感慨著什麼的莎拉身邊坐下，一股淡淡的……以前稍微聞過的懷念香味飄了過來。

「其實啊，我本來打算等這工作告一段落，就要去你家一趟。」

沉默一會兒之後，先開口的人是莎拉。

「到我家？」

「我啊……一直覺得自己必須向你說聲對不起。」

「咦？妳要對我說對不起？」

「嗯……和你分開後，那個……我才知道……你其實是生病了。結果我卻認為只有自己受傷，把錯都怪到你身上，自顧自地生氣怒吼……明明你已經難過到想去死了……」

我回想起當時的情況。

聽到我酒醉後的失禮言論，莎拉非常憤怒。

她的反應讓我深深受傷，但是莎拉本身也受了傷。

「後來我從蘇珊娜的信件裡得知你在魔法都市夏利亞。剛好這個工作會前來夏利亞，所以我想爭取一點時間去見你，然後……我本來想道歉。想坦率地對你說，那時真是對不起。」

「……」

「結果等到有機會實際開口，卻只會講一些討人厭的發言……真的讓我很受不了自己。」

講到這邊，莎拉抱起膝蓋，把臉埋進兩膝之間。

「…………對不起。」

這聲道歉微弱地幾乎無法聽清。

我原本伸手想摟住她的肩膀，卻覺得好像不太對而作罷。

最後，我抱住自己的一邊膝蓋。

「……雖然是到了現在我才能說出口。」

「？」

「不過那時候……我大概並不是那麼喜歡妳。」

「這話什麼意思？」

「我生病的原因是一個和我一起從魔大陸旅行回來的女孩，叫作艾莉絲。我認為自己被她拋棄，那時剛好碰到莎拉妳對我表現出好感，所以我覺得雖然自己不是那麼喜歡妳，總之還是該找到下一個對象，才能把以前的事情都忘掉。也就是說，那時的我對妳並不是那麼認真。」

我一方面猜想莎拉會生氣。

「所以，妳不需要道歉。」

一方面又覺得挨罵也沒關係。

因為她對我坦白了一切，自己也該誠實相對。

莎拉並沒有生氣，反而抬起頭露出驚訝的表情。

「……你變了呢。」

「是嗎？」

「嗯。如果是以前的你，即使是說謊也不會講那種話。」

「我想也是。」

「而且你根本不曾用這麼放鬆不拘謹的語氣跟我說話。就算肯那樣跟我講話，也還是會有隔閡感吧。」

「是嗎？」

「嗯，和那時候相比，現在反而感覺比較親近。」

聽莎拉這麼一說，我才發現自己的語氣確實沒有那麼客套。

這也是一種心境的變化嗎？

當時我認為自己被艾莉絲拋棄，為了避免跟周圍起衝突，總是很注意遣辭用句。不但盡可能使用恭敬語氣，也限制自己不能和其他人有必要以上的接近。

我試圖和他人保持距離……因為不想受傷。

然而現在已經不是那樣。

「……因為我獲得了信心。」

「從你的妻子那裡？」

「對。快要和妳發展出男女關係時，其實我已經不舉好幾年了。」

「……」

「以犧牲奉獻的態度來協助我治療的人就是希露菲。她明明是第一次，卻不光是獻出自己的身體，甚至還動用媚藥，最後成功治好我那個毛病。」

我仔細敘述當時的情況。

莎拉聽得面紅耳赤，卻還是靠向我這邊專心聆聽。

實在讓人有點難為情，自己可能講得太詳細了。

「……她為你做了那麼多，你卻娶了第二個老婆？」

「因為第二個妻子……洛琪希也做了同樣的事。」

改為說明和洛琪希之間的詳情後，莎拉雖然伸手摀住嘴巴，還是很有興趣地繼續聽下去。

或許是我多心，她的呼吸好像有點急促。

不過聽完之後，莎拉有點寂寞地說了。

「我自己……辦不到吧。就算當時知道那件事，大概也辦不到。」

「……」

「這就是問題嗎？沒辦法讓你喜歡上我的原因。」

是啊，希露菲和洛琪希都很喜歡我。

不過，我對她們兩人的愛更加深厚。因為她們為我做了那麼多，我對兩人才會抱著幾乎同等的愛情。

「因為她們為自己做了什麼」或許是一個很現實的理由，不過我因為這個理由而喜歡上她們的事實還是沒變。

如果說她們和莎拉以及其他女性有什麼不同，大概就是這部分吧。

「嗯！」

莎拉動作俐落地站了起來。

然後手扠到腰上，從上方俯視著我。

「我說啊，你可不要誤會！我的戀情已經在那天結束了！是啦，我是因為自己沒搞清楚狀況就講了很過分的話所以想要道歉，不過也只是這樣！事到如今，我完全沒有想跟你再續前緣的意思！」

莎拉很有精神地這樣講完，然後把臉用力轉開。

「所以你也不必露出那種很愧疚的表情，就把我視為以前的同伴，以正常態度對應就好了！」

她的表情有點害羞，卻透著一種雨過天青的暢快感。

當時的那件事總算已經解決。

這樣一想，我也覺得自己逐漸露出笑容。

★　★　★

這件事之後，自己總算能以普通態度對待莎拉。

類似把對莉妮亞和普露塞娜的態度以及對七星的態度加起來除以二的感覺。

還有，因為和我之間的疙瘩已經化解，莎拉也恢復正常狀況。

她展現出優秀弓術師的實力，支援其他成員。

站在比較偏後方的位置，以冷靜態度管理隊伍全體大概是她現在負責的角色。

這種率性的大姊頭風範會讓我聯想到以前的蘇珊娜，不過莎拉是以和蘇珊娜有點不同的方式來拉拔隊伍中的年輕成員。

剛認識莎拉時，她身上還殘留著一些新人的稚氣，或許是有了後輩才讓她變成熟了……不管怎麼樣，她現在已經成了老手冒險者。

就這樣，公主順利完成了巡禮。

雖然碰上數次魔物來襲，我們都能順利對應，回到魔法都市夏利亞。

任務結束。

公主一行人決定在夏利亞住一個晚上，然後讓復活的另外兩名成員歸隊，隔天早上再朝著首都前進。

接下來，她們必須在降雪正式開始前趕回首都才行。

我們來到夏利亞的城牆邊目送她們離去。

「嗚——希望洛琪希姊姊可以多教我一些魔術～……！」

「不要講那種辦不到的事情。」

「啊，要不然，請洛琪希姊姊加入我們的隊伍吧！如果是洛琪希姊姊，大家肯定也不會有什麼反對意見！」

「很感謝妳的邀請，但是目前的工作讓我很有充實感，而且我還有丈夫……」
「不要緊！男人這種東西就算稍微丟著不管，久久見面時對方還是會把妳當寶貝奉承！」
「亞莉莎，妳也差不多一點！」
「是～」
洛琪希獲得「Amazones Ace」眾成員的邀請，不過她還是委婉拒絕。
如果她答應要一起走，我應該會死命抱住她，哭著懇求她不要走。
丟臉也沒關係，因為人家需要洛琪希。
「那麼，魯迪烏斯，又要說再見了。」
和莎拉也要分別了。
一開始我還覺得早知道不該來，現在卻覺得幸好有來。
自己和她之間果然還是該好好談過。
「嗯，妳多保重。」
「你也是，可別讓妻子哭泣。」
「我會多注意。」
「她們的感情似乎很好，但你可不能把兩人拿來比較。尤其是為了誇獎其中一邊而去批評另外一邊的行為是大忌，因為被批評的那一邊會非常受傷。」
「啊，是，我保證銘記在心。」

「好，那再見啦！」

莎拉最後在我的胸口捶了一拳，然後轉身離開。

很爽快乾脆的別離。

我和希露菲、洛琪希兩人並排站著，目送她們離開。

「……魯迪，就這樣分開真的好嗎？」

看不到公主一行人之後，希露菲突然開口發問。

「什麼意思？」

「那女孩是魯迪以前喜歡過的女孩吧？」

哎呀，希露菲葉特小姐，妳可誤會大了。

「不，我並沒有喜歡她。只是那時彼此都沒有什麼經驗，所以有點迷失。」

「哦？是嗎……」

希露菲以似乎不太信服的表情回應，然後看向我的臉。

「那……魯迪喜歡什麼類型的女孩？」

洛琪希豎起耳朵，很有興趣地靠了過來。她似乎對我的喜好很有興趣。

如果我說自己喜歡胸部小的女孩，她們會高興嗎？感覺反而會生氣……

「這個嘛……以前會覺得髮型要怎樣，胸部要多大，身材要多高……不過最近似乎不一樣了。」

我來回看著希露菲和洛琪希。

「看樣子那種解救我脫離絕境的女孩，才是會被自己視為特別的對象。」

聽到這句話，希露菲咧嘴一笑，露出又傻又甜的可愛笑容。

「那個，魯迪。你這句話的意思是我很特別？」

「嗯，希露菲很特別喔。因為妳幫我治好已經煩惱好幾年的疾病，而且我還覺得多虧有妳，自己才能獲得目前這種幸福的現狀。」

「是嗎……嘿嘿嘿，幸好我有鼓起勇氣。」

看到洛琪希露出有點不安的表情，像是不確定自己是否符合，我伸手抱住她的肩膀。

當然洛琪希也一樣。

實際上，原本是家裡蹲的我之所以能夠走向外界，還有在保羅死後頹喪不振的我之所以能恢復到可以行動的狀態，全都要歸功於洛琪希。

「總之基於這種理論，所謂的特別對象不會隨便出現，所以希露菲妳不需要感到不安。我可以許下承諾，不會再多出其他妻子。」

這樣說完，希露菲輕輕握住我的手。

「嗯……不過魯迪，我之前應該說過。如果是魯迪視為特別的對象，而對方也把魯迪當成特別，那麼有兩人或三人都沒關係。只是莎拉小姐好像不太符合。」

這時我突然想到。

以前曾經被我視為「特別」的那個紅髮少女。在遠離故鄉的地方開心大笑，為差點喪命的我傷心哭泣，還奪走了我的第一次的艾莉絲。

自己被她拋棄了。

可是，過去曾和我們一起旅行的可敬魔族男性說過。

一定是我誤以為遭到拋棄。

如果真的是我誤會了，以後會怎麼樣呢……

「希露菲。」

「什麼事？」

「雖然我還不確定以後會如何演變，不過我可能會再次違背承諾。」

「……沒關係，因為那只是魯迪自己許下的承諾，我打從一開始就沒有跟你約好。不過，到時候一定要把對方帶來見我喔。我不打算束縛魯迪，但是再怎麼說，我還是無法原諒那種根本不喜歡魯迪卻想要成為你妻子的女孩。」

「好。」

「這件事你要許下承諾。如果你瞞著我偷偷和對方交往，甚至在我不知情的情況下連孩子都有了，就算是我……」

「嗚……知道了。」

「那麼，我就先期待魯迪下次會帶著什麼樣的女孩回家吧。」

我覺得希露菲是不是開始展現出所謂的威嚴？

記得不久之前，她還謙卑地說自己只是運氣好而已……

是不是多少比較有自信了？

如果真是那樣，這是好事。因為她和我結婚後，看起來有點缺乏自信。

好，我也要重新在此起誓，自己絕對不會違背這個承諾。

——**學校的傳言·其之十「龍頭老大讓很多女人傷心落淚」**——

第十一話「畢業典禮」

和莎拉分別後過了一陣子，季節進入冬天，我也滿十八歲了。

我的研究進行得很順利，學校方面也成功升級，即將成為四年級的學生。實在沒什麼好挑剔。

不過，雖然自己平安升級，艾莉娜麗潔卻留級了。

因為她是一般學生，離校旅行半年的行為影響到評鑑成績。

艾莉娜麗潔本人完全不在意，然而她其實只是陪同去處理我家的問題，所以我心裡有點過意不去。

順便說一下，希露菲的應出席日數也不夠，但是她本來就擁有學年頂尖水準的優秀成績，再加上身為愛麗兒公主之護衛的立場，最後順利升級。可以徹底感受到社會講求人脈關係的現實。

另外，家庭方面也沒有任何問題。

露西穩定成長。她是個很早斷奶的小孩，最近幾乎都只吃副食品。

還有，前幾天……露西居然……第一次叫我「魯～爹～」。

不是爸爸不是爹地也不是Mr. Bubbles，而是「魯～爹～」。（註：電玩《生化奇兵》中，敵人Little Sisters對另一敵人Big Daddy的稱呼）

這是因為家裡沒有人叫我爸爸，所以也無可奈何。雖然她會對著希露菲叫「馬～麻～」，不過那是希露菲教導露西的成果。

我是不是該用「爸爸」作為自稱？

不，畢竟只是小嬰兒在學說話，沒有必要著急。等露西再長大一點，就讓她稱呼我為「父親大人」吧。

只是話說回來，一歲多就會講話的表現算是怎麼樣呢？

我家的孩子是不是相當聰明？

不，我知道這很普通，小孩子會說話的時期本來就是有早有晚。而且希露菲和莉莉雅都有在教導露西說話，這也可以說是她們努力的成果。
不過呢，看到自己的孩子開始說話，果然還是會覺得我家小孩好厲害！
再長大一點，她是不是會抗議說不希望自己的內褲和爸爸的一起洗呢？
我反而覺得好期待啊！
隨著露西成長，希露菲的母乳也停了。我再也嚐不到那又甜蜜又揪心又讓人興奮的味道，實在遺憾到不行。
同時，變大的胸部完全恢復成原狀。
我不會嫌棄小胸部，但還是有一種類似特別獎勵時間結束了的寂寞感。
另外，由於不再需要母乳，和蘇珊娜的合約也到此為止。
話雖如此，這也算是一種緣分，而且自己以前還受過她的照顧。
要是有什麼事，我就為她盡一份力吧。例如蘇珊娜的兒子要是將來也進入魔法大學就讀，可以關照他一下。只是屆時我可能已經畢業，所以或許要拜託諾倫幫忙。
諾倫和愛夏也過得很好。看到露西，她們會異口同聲地稱讚露西很可愛。
以她們的感覺來說，露西可能比較像是妹妹而不是姪女吧。
我聽到兩人躲在樓梯後面討論，決定以後在露西面前不要吵架。
除此之外，她們好像還有各式各樣的計畫。
我猜大概是「如何成為讓妹妹崇拜的姊姊大人」之類的計畫吧。

最近，兩個妹妹很少吵架吵到氣氛險惡。畢竟人類只要有了後輩就會想要維持優秀表現。如果是因為露西出生而促使她們關係增溫，我會覺得非常開心。

洛琪希的教師生活也一帆風順。

不知道為什麼，一般學生都用畏懼的眼神看她。大概是一般學生也能明白洛琪希究竟有多了不起吧。不過要是有那種膽敢看扁洛琪希的傢伙出現，我絕對不會保持沉默……不管怎麼樣，似乎沒有那種會在上課時胡鬧的學生，想來她暫時可以過著稱心適意的教師生活。

塞妮絲還是一如既往。

她會和諾倫一起吃飯，和愛夏一起拔草，還會握著露西的手指，對著孫女笑。沒錯，在諾倫和愛夏的慶生會之後，塞妮絲變得時常會露出笑容。儘管只是稍微牽動臉部肌肉的淺淺微笑，然而無論是誰都能看出那是笑容。

她依舊不曾開口，也幾乎沒有表情，不過恢復得很順利。

我如此相信。

★ ★ ★

今天是畢業典禮。

入學典禮是在室外舉行，畢業典禮則是在室內。自己至今從未來過的大講堂裡設置了大型講台，畢業生一個個輪流領取作為畢業證明的紋章。

畢業生的人數頂多只有五百人。據說這間學校的學生總數超過一萬人，畢業生卻只有五百人。我想現在的七年級在剛開學時應該也有將近兩千人吧。但是隨著時間過去，會一點一點地有人退學離開，最後只剩下這個數字。

想入學不是難事，要畢業卻沒那麼容易。

特別是上級魔術和混合魔術都難以掌握，還有人是因為魔力總量太低所以無法學會。還有，雖然具備才能卻覺得只要能學會初級魔術就夠了的人或許也不在少數。

除此之外，因為各種理由而退學的人可說是層出不窮。在這種狀況下，身為特別生的我算是獲得相當多優待的一人。

學生旁邊站著一整排教師，光是教師應該就有兩三百人吧。

話說回來，沒想到學校裡有這麼多教師，難怪教職員室必須用到一整棟建築。

在教師當中，特別嬌小的身影就是洛琪希。即使相隔遙遠，她看起來也像是在閃閃發光，非常容易認出。

順便說一下，一般學生今天放假。

在校生沒有參加畢業典禮和入學典禮的義務。不但沒有義務，甚至要申請許可才能觀摩。聽說所謂的典禮是被選中的人物才有資格參加的一種榮譽。

我目前的位置是學生會成員的旁邊角落。

學生會成員全數出席。自己認識的臉孔大約有四人，愛麗兒、路克，還有愛麗兒的兩名隨從。另外希露菲也在場。

工作中的希露菲還是跟往常一樣毅然帥氣。不久之前，她的外表還讓人看不出來到底是少年還是少女，不過最近頭髮留長到肩膀，再加上可能是因為生了孩子，開始展現出女人味。

就像是專業的女強人，既帥氣又可愛。

我很想到處炫耀那是我的老婆。

啊，還有一件讓我感到不可思議的事情，可以看到諾倫待在學生會成員的末座。

自己什麼都沒聽說，難道她加入了學生會？

今年沒看到她表現出那種態度，所以是下學期開始才列入成員嗎？

妹妹啊，如果妳可以在入學典禮前先說明一下，哥哥會很高興喔。

「畢業生代表，莉妮亞‧泰德路迪亞以及普露塞娜‧亞德路迪亞！在此頒發畢業證書以及魔術公會D級證明！」

莉妮亞和普露塞娜被選為畢業生代表。因為她們雖然曾經走偏，不過最終還是留下優秀的成績。

而且又是獸族王者德路迪亞族的公主，身分方面也無可挑剔。該說是果然如此嗎？成為畢業生代表的人選似乎一定要具備高貴的身分。

如果平民和貴族的成績相同，會選擇貴族作為代表。這樣能避免引發問題，而且貴族心裡才會舒坦。
如果平民學生擁有壓倒性成績，或許會另當別論……
然而洛琪希在學時也相當優秀，卻沒有被選為畢業生代表。對，連那個洛琪希都沒有被選上。儘管我並不清楚當時的洛琪希到底有多優秀，但是她至少已經能使用聖級水魔術……結果卻還是落選。
魔法大學號稱來者不拒，願意接受任何學生，不過既然是人類經營的設施，恐怕依舊無法擺脫人世的各種束縛糾葛吧。
「莉妮亞．泰德路迪亞，恭敬拜領！」
「普露塞娜．亞德路迪亞，恭敬拜領！」
「願諸位都能走向魔導之道！」
莉妮亞和普露塞娜都表現出端莊肅穆的舉止。
登上講台，並排接受畢業證書的樣子看起來實在優秀。
她們在發情期時宣布要找到男友，卻把進逼的求婚者接二連三擊潰。
我腦中浮現出站在無數屍體上，喃喃說著：「我們強過頭了喵」「好空虛的說」的兩人威儀。那是王者之姿，我在她們背後看見了百獸之王的身影。
至於後來跑去酒館裡喝得醉醺醺，滿嘴胡話地嘀咕：「我一輩子都不需要男人喵！」「對的說，男人都是法克的說！」的行徑，我就好心忘掉吧。

★★★

畢業典禮之後，我前往七星的研究室。

「咳……咳……」

七星穿著像是日式厚棉袍的衣服，正在咳個不停。

「妳又感冒了？」

「咳咳……好像是。」

最近這一年以來，七星的身體狀況似乎很差。

動不動乾咳，而且還會發燒。雖然我幾乎每次都會幫她用解毒魔術治療，然而不消幾日，七星就會又出問題。

「妳是不是該過著更健康一點的生活？」

基本上，七星都窩在研究室裡。

有事的時候雖然會出面，不過一年到頭都住在這間研究室裡。

還有中午會前往學校的餐廳，就只有這樣。

早晚都吃類似保存食品的東西，窩在沒有陽光的房間裡持續研究。免疫力當然會降低，也會變得容易生病。

要說七星是自作自受倒也沒錯，不過我還是覺得人應該更珍惜自己的身體。

「至少在感冒完全治好之前，先休息一下比較好吧？」

「因為研究進行得正順利，我沒辦法休息。」

七星這樣說完，轉身面對魔法陣。

她的研究確實有進展，幾個月前已經完成了第二階段，讓第一階段召喚來的寶特瓶上出現了瓶蓋。

現在是第三階段，預計要召喚「植物」或「小動物」之類的「生物」。

她正在朝著這個目標努力。我想只要再過一陣子，前世的蔬菜就會出現在這個世界裡。確實很順利。

「今天要進行第三階段的實驗。」

「等札諾巴和克里夫也在的時候再實驗會比較好吧？」

「也對。那，你可以幫我去叫一下他們嗎？」

我搖了搖頭。

「很不巧，今天他們兩人都休假。」

「兩人都休假？真難得，為什麼？」

「因為今天是畢業典禮。」

「畢業……噢，已經來到這時期了啊。」

七星皺起眉頭。她大概不想聽到畢業典禮這四個字吧。

因為那就代表她被困在這個世界裡的時間又多了一年，至今還無法脫離。

「莉妮亞和普露塞娜也畢業了。那兩個人好像要回故鄉，我想找個時間辦個歡送會，妳會參加吧？」

「……………嗯，姑且會。」

對七星來說，莉妮亞和普露塞娜是為數不多的女性友人……好像也不是那樣。只是既然要離別，看來她還是願意乖乖參加。

比起以前，似乎稍微合群了一點。

「那兩個傢伙回去以後就是公主了呢。」

「實在看不出來。」

「對啊。」

讓那樣的傢伙當上族長，德路迪亞族不要緊嗎？算了，就算領袖很無能，也只要下面的人夠認真可靠，就能讓組織運作。大概沒問題吧。

我正在思考這種事情，敲門聲突然響起。

「……嗯？請進。」

「打擾了喵。」

「我們要進去的說。」

訪客是兩個熟悉的傢伙。

狂妄自大的貓和昏昏欲睡的狗，也就是莉妮亞和普露塞娜。她們穿著制服，大搖大擺地走進室內。

「老大，我們在找你喵。」

「希望你稍微賞個臉的說。」

不過，今天的感覺有點不一樣，到底是哪裡不同呢？

不知道是因為莉妮亞表現得很緊繃，還是因為普露塞娜沒在吃肉……可以感覺到彼此初次相遇時的那種敵意。

如果是平常，她們應該會說出：「居然沒帶著菲茲和洛琪希大人就跑到其他女人的房間裡賴著不走，要是被罵也是活該喵」之類的奚落，今天卻沒有要那樣做的動靜。

又是要找我決鬥嗎？就是那種要趁著畢業典禮把舊帳都算清楚的報仇行動。

「老大，麻煩了喵。」

「拜託的說。」

她們的發言簡短，卻可以感受到強大的意志。

兩人的眼裡還有類似決心的感情，是不是覺得自己不能帶著敗績回鄉？畢竟她們也有她們的志氣與尊嚴。

算了，也沒關係。雖說我不喜歡打架，但反正是最後一次，今天就奉陪一下吧。何況我也是個男孩子。

「我知道了。七星，我暫時離開一下。」

「等等，實驗怎麼辦？」

七星露出明顯的不高興表情。

可是，莉妮亞卻抓住她的手臂。

「妳也來喵，特別允許喵。」

「許可的說。」

「不，等一下！妳們是怎樣！」

她們是不是想讓七星擔任決鬥的見證人？我很懷疑七星真的是那種會幫她們去跟哪個人作證的人嗎？不過按照兩人的個性，想必沒有考慮到這問題。

只是塞倫特·賽文斯塔這名字在世間算是頗為出名，證言會有可信度吧。

如此這般，我們從別館移動到通往宿舍的路上。

旁邊就是樹林，而且還積著雪，視野很差。

「這裡就可以了喵。」

「……真是讓人懷念的地點的說。」

這裡是以前我和札諾巴綁架莉妮亞和普露塞娜的現場，也是和她們第一次起衝突的地點。

以某個角度來看，確實可以說是充滿回憶的場所。

莉妮亞和普露塞娜在這裡站到我的前方。

接下來兩人互相拉開十步左右的距離，轉身面對彼此。

沒有朝著我這邊。

……咦？

「我們希望老大和七星可以見證喵。」

「見證什麼？」

「接下來，我和莉妮亞要決定到底誰比較強的說。」

換句話說，莉妮亞和普露塞娜要決鬥嗎？

「妳們為什麼要決鬥？」

「獲勝的那一方會成為德路迪亞族的族長喵。」

「可是，本來就有泰德路迪亞族和亞德路迪亞族兩個部族，根本沒必要決鬥吧？」

如果我沒記錯的話應該是那樣吧。自己待過的地方是泰德路迪亞族的村落，不過好像也有聽說過亞德路迪亞族的村落。難道是所謂的「族長」只有一個嗎？

還是「德路迪亞族的族長」擁有統領所有支族的立場？

「我們一開始也是那樣想喵。」

「可是，最近改變想法了的說。世界很廣闊的說，人生不是只有當上族長這條路的說。」

「我們都有妹妹喵，只要其中一個人回去，把在這裡學到的東西教給她們就好了喵。」

「所以比較強的去當族長，另一個就自由活下去的說。」

這真是……該怎麼說？非常缺少計畫又很不負責的想法。

話說回來，明明她們以前對「成為第一」執著成那樣，心境上到底是發生了什麼變化？

「反正兩人一起回去還是要打一場喵。」

「在大森林輸掉的話，會被迫走上無聊人生的說。例如會叫我們和村子裡最強的戰士結婚的說。」

「與其落到那種下場，還不如在這裡分出勝負，然後走上不同的路喵。」

「彼此都不要怨恨對方的說。」

成為族長果然是她們的最高目標嗎？如果在這件事上沒辦法成為第一，還不如前往大森林以外的地方生活，在那裡成為第一會比較有趣……大概就是這麼一回事吧。

嗯，該說是漏洞百出，還是讓人很想吐嘈呢。

我很想明講這根本不是她們兩個可以擅自決定的事情……

不過，自己也沒必要意見太多。這想必是她們拚命思考後才做出的決定，我也能夠體會不想被家裡束縛，期盼自由過活的心情。

「好吧，既然是這樣，我也不阻止了。妳們就盡情決鬥吧。」

「這樣真的好嗎？你還慫恿她們打架。」

七星好像不太高興。

她是普通的女高中生，可能不想看到認識的人互毆。

「反正就算我不來見證，她們還是會打起來。」

兩人的強度應該不相上下。要是沒有哪個人來做出裁決，可能會演變成無法分出勝負的狀況，或是不小心打得太過頭。

所以為了避免萬一，第三者是不可或缺的存在，自己有義務見證到最後一刻。

還有，我雖然不會糾正七星，不過這不是打架而是決鬥。

為了「決出勝負」的「戰鬥」。

「感恩不盡喵。」

「幫了大忙的說。」

莉妮亞和普露塞娜分別道謝。

然後，她們重新面對彼此，做了個深呼吸，狠狠瞪著對手。

「嚇——！」

「咕嗚嗚嗚！」

兩人發出不像是年輕女孩的威嚇聲，互相牽制。

現場籠罩在隨時有可能開戰的緊張感中。

我發動魔眼，七星戴上魔力附加品的護身用戒指。

兩個獸族即將進行認真廝殺。

「普露塞娜，我很久以前就很想告訴妳，其實我一直看妳不順眼喵。」

「那是我想說的話。莉妮亞小時候明明是搖搖晃晃跟在我屁股後面的跟班小妹，最近卻很囂張的說。」

「啥！普露塞娜才是跟班喵！妳忘記四歲時尿了褲子，是我幫忙隱瞞的恩情嗎！說什麼亞德路迪亞族對恩情是百年不忘，完全是胡說八道喵！」

「後來莉妮亞掉進河裡差點溺死，是我救了妳的說，所以我們扯平了的說！明明是擅長游泳的泰德路迪亞族卻溺水，真是丟臉的說！」

「那全都是因為普露塞娜把爺爺給的玩具掉到河裡我才會下水的喵！」

「可是害我把玩具弄掉的人是莉妮亞的說！」

不知道為什麼，我總覺得兩人的互相叫囂中完全不帶憎恨。雖然怒氣和敵意之類的感情有越來越高漲的跡象，但其中絕不包括憎恨對方的情緒。

感覺就像是故意提起往事，強迫自己討厭對方。

好像不這麼做，兩人就根本打不起來。

她們繼續用謾罵來回叫囂。

「普露塞娜是突肚臍！」

「莉妮亞是大笨蛋！」

謾罵的內容越來越簡短。

「普露塞娜大傻瓜！」

「莉妮亞腿很短！」

「什……！普露塞娜大胖子！」

「我……我才不胖的說！」

先被激怒的人是普露塞娜，她在聽到自己被罵為胖子的那瞬間爆發了。

「嘎啊啊啊啊！」

普露塞娜縱身跳向莉妮亞，握緊拳頭朝她打下。

「嚇呀啊啊啊啊！」

莉妮亞像貓一樣敏捷反應，同樣握緊拳頭朝著普露塞娜揮去。

「嗚……」

「唔……」

雙方的交叉反擊拳都擊中彼此。

兩人搖搖晃晃地分開…………決鬥的鑼聲在此敲響。

「啊！普露塞娜往前衝！」

但是，莉妮亞華麗地避開了！她甩開了如同重型戰車般往前挺進的普露塞娜！

VS

普露塞娜繼續追擊不斷使出且戰且退（Hit and Away）戰術的莉妮亞！
力量是普露塞娜稍占上風，速度是莉妮亞略勝一籌！
如果正面衝突，莉妮亞沒有勝算！
然而，輸贏並非只靠力量就能決定！
一旦無法逮住對手，力量再大也無法發揮！
莉妮亞利用腳步移動來使出華麗的刺拳！刺拳！直拳！
但是莉妮亞也沒能逼近對手！所以無法造成有效傷害！還差一步！
啊啊——！普露塞娜的右直拳這時狠狠擊中莉妮亞！
莉妮亞腳步踉蹌！普露塞娜發動追擊！
怎麼辦，莉妮亞！會逃開嗎！還是會原地堅持呢！她站穩腳步了！
左刺拳！刺拳！意圖取得上風的刺拳！
這下普露塞娜也難以承受！莉妮亞不是好對付的拳擊手！
就算力量處於劣勢，莉妮亞也不是會逃避互毆的女人！
普露塞娜裹足不前！但是雙眼依舊綻放光芒！宛如鎖定獵物的獵犬！
配合莉妮亞的右拳，普露塞娜往前進……！
啊——！普露塞娜流血了！是莉妮亞，莉妮亞在這裡使用了凶器嗎！
不！是爪子！莉妮亞伸出自己的爪子，在揮拳的同時抓傷對手！

這是非常鋒利洗練的貓拳！然而這招並不骯髒！能用上的武器本來就該全部用上！

莉妮亞伸長爪子，出拳！出拳！左右連擊！

突然感覺到不同的痛楚，普露塞娜表情扭曲……！

她承受的並不是拳頭帶來的悶痛！

啊啊！莉妮亞的爪子抓破了普露塞娜的衣服！

不該外露的部分似乎隱約可見！這下可能會違反電視分級規範！

哎呀！但是普露塞娜衝了！她繼續往前衝！或許是捨棄了女性的矜持，她豁出去了！

普露塞娜的右鉤拳狠狠擊中莉妮亞的身體！

莉妮亞露出苦悶的表情，這拳造成傷害！普露塞娜會獲勝嗎，要一口氣分出勝負了嗎！」

「既然要把能用上的武器全都用上，她們為什麼不用魔術？」

「這個嘛……打從一開始普露塞娜選擇近身戰的那一刻起，進行魔術戰的可能性就消失了。

因為一旦開始互毆，就沒有時間詠唱咒語。

如果是我和希露菲，還可以在肉搏攻擊之間穿插無詠唱魔術，然而這兩人是戰士。

她們等於是處於無氧運動狀態，應該連開口說話都有困難。

例如馬拉松選手能順便朗讀詩歌嗎？不能，那是——」

「原來如此。不好意思打斷你的播報，請繼續吧。」

「……莉妮亞停下了腳步！這是In Fight！是In Fight戰術！

莉妮亞的形勢不利！普露塞娜的拳頭確實奪走了莉妮亞的腳力！

她已經無法再使用且戰且退的戰術了！

莉妮亞宛如翅膀被折斷的蝴蝶，會遭到在地上橫行的王者蹂躪嗎！

然而……不！不是那樣！她避開了！莉妮亞避開了！

莉妮亞利用貓科動物特有的瞬間反射神經配合稍微把頭和身體往旁邊移動的閃避動作，並沒有被直接擊中！

然後是反擊！貓拳猛擊（Smash）！

普露塞娜的臉頰出現傷痕！鮮血飛濺！她的身子彈開般地往後飛去！

莉妮亞為了追擊而往前！使出能奪走對手意識的巴西式旋踢！

啊——！普露塞娜！普露塞娜也往前衝了！整個人撞向莉妮亞！

普露塞娜使出利牙！咬住莉妮亞想踢向她脖子的腳！

沒錯！普露塞娜是狗！是野獸！是狼！她還有這個武器！不是只有拳頭！

普露塞娜就這樣繼續往前，把莉妮亞拖倒在地後壓制住對方！

莉妮亞太靠近了嗎！但是，不是只有普露塞娜擁有尖銳牙齒！

莉妮亞也咬了回去！亮出她的利牙反擊！

接下來是野獸和野獸的角力！」

「我怎麼看都覺得她們只是亂七八糟地扭打成一團……」

「嗯，也可以那樣形容啦。」

「是說，我問個殺風景的問題。」

「什麼事呢？」

「她們兩個那麼拚命，為什麼你還能這樣胡鬧啊？」

「非常抱歉。」

這是一場漫長的戰鬥。

由叫囂謾罵起頭，從互毆正式開始的決鬥。內容一開始是驅使高度技術的打擊戰，最後卻變化成如同小孩子打架那樣的抓過來咬過去。

兩人激烈扭打，在積了雪的大地上翻來滾去地戰鬥，卻在某個時間點一起停下動作。

然後，只有一個人站了起來。

「贏了的說……」

是普露塞娜。

她身上傷痕累累，衣服破破爛爛，因為融化的雪而溼透，被流出的鮮血染紅。身體每一處都帶著抓傷和咬傷，正在滴滴答答地流血。

這個模樣非常壯烈，也非常了不起，是戰勝了死鬥的身影。

「……」

普露塞娜俯視倒在地上的莉妮亞，臉上閃過似乎感到很複雜的表情，然後用力扭開臉。

她搖搖晃晃地朝這邊走來。

「我贏了的說。」

「嗯，恭喜……妳來這裡坐下，我要使用治癒魔術。」

我一邊說一邊伸手想治療普露塞娜肩膀上的傷，她卻用力打掉我的手。

「謝謝你的好意，但是沒必要的說。這些傷是榮譽的說，我要全部留下。」

「這樣啊。」

榮譽嗎……她們兩人非常認真。

甚至讓我覺得一開始隨便預測她們不會打到出人命的自己很丟臉。

「因為以後不知道能不能再見到莉妮亞，所以要留下來的說。」

「呃，妳們離開這城鎮之前還是會一起行動吧？」

「不會的說，在這裡就別離了說。行李已經整理好了，我會在今天之內離開的說。」

她是在決鬥前就決定要這樣做了嗎？因為兩人會在此分道揚鑣，所以決定也要在此訣別嗎？真是帥氣啊。既然如此，還是不要舉辦歡送會吧。

感覺反而會潑了冷水。

「……總之不利用治癒魔術也沒關係，但妳一定要治療喔。」

「我知道的說。」

普露塞娜搖搖晃晃地往宿舍走去。

我目送著她離開，七星卻突然跟著跑過去，把自己的上衣披在普露塞娜身上，甚至還用肩膀支撐著她。看來七星也有不錯的地方呢。

……好啦，接下來。

「妳還活著嗎？」

我低頭看著躺在地上的莉妮亞。

她並沒有失去意識。

只是以茫然表情望向天空。

「還活著喵。」

莉妮亞身上也是慘不忍睹，和普露塞娜的狀況不相上下。衣服因為被抓被咬而破破爛爛，肩膀滲出鮮血，染紅了地上的積雪。或許是因為被毆打不少次，連臉頰都腫了起來。

至於嘴角流出的鮮血應該不是因為內臟受損，而是嘴裡有傷口吧。

「難得的漂亮臉蛋都毀了呢。」

「真的是喵。」

仔細一看，我發現破掉的衣服讓莉妮亞的肉體迷宮顯露於外。

因此我把自己的上衣蓋到她身上，畢竟那景象有礙風化。

不過，沒穿上衣實在有點冷。七星也把上衣借給普露塞娜，希望她的感冒不會惡化。

「謝謝喵。」

莉妮亞動作緩慢地舉起手放到腦後。

接著把腳也翹了起來，像是在放鬆休息。明明還躺在雪地上。

「唉……輸了喵。」

這句話化為白色的呼氣，飄上空中。

「這是一場很精彩的決鬥。」

「什麼精彩的決鬥喵。老大講的話我可全都有聽到喵，看來你玩得相當開心喵。」

嗯，自己可能真的有點太不識相。

不過，那是一場讓人興奮的比賽。該怎麼說？那就像是一場女性之間的激烈爭鬥，也像是兩名勇者值得紀念的重要舞台。不，如果我說是「比賽」，莉妮亞想必又會生氣吧。

「算了，最後還能讓老大開心比什麼都好喵。」

「真是過意不去。」

「沒關係喵。反正看在旁人眼裡，我們也只是在打架而已喵。能樂在其中的人才是勝利者喵。」

莉妮亞說著說著，然後皺起眉頭。她舔了舔自己手臂上的傷口。

「妳也不需要治癒魔術嗎？」

「因為是輸掉的傷，老實說我想消掉喵。不過算了，這次就認分接受喵。反正只要經過一段時間，這種東西就會成為一種驕傲。」

以前和我決鬥過的獸族戰士們也覺得受到的傷是一種驕傲嗎？

「……」

莉妮亞不發一語地看著天空。

「…………」

我也抬起頭來，眼前是北方大地特有的灰色天空。

今晚肯定又會下雪。

「我說妳啊，以後打算怎麼辦？」

「以後喵……」

「妳們之前說要過著自由的生活，那麼妳有什麼想做的事情嗎？」

「這個喵……我會先隨便旅行一陣子之後，再開始做買賣喵。」

做買賣嗎？總覺得不管怎麼想都不太妙，去當冒險者可能還比較有機會成功。

「妳有什麼具體的構想嗎？」

「當然喵。」

莉妮亞自信滿滿地回應。既然已經有了構想，想來沒問題吧。不，似乎還是會有問題。總覺得她會基於淺薄的見識去處理事情，然後闖出什麼禍來。

「我預定只要五年就會成為有錢人喵。」

「……嗯，總之……要是妳碰上什麼困難，也可以來找我幫忙喔。」

「喵哈哈，等我成功之後，可以借錢給老大喵。」

莉妮亞明明輸了，卻表現出一副坦然的態度。

這是因為她們雖然擅自決定，不過總算能脫離家裡束縛獲得自由嗎？還是因為她其實只是在勉強裝出沒事的樣子呢？不管怎麼樣，莉妮亞一副「終於結束一件事了」的表情。

莉妮亞和普露塞娜也沒有跟其他人道別。

她們分別錯開時間回到宿舍，塗了藥包紮好身上傷口後，就拿著行李先後踏出校門。

我和七星各自目送莉妮亞和普露塞娜離開。

兩人都沒有多說什麼，只有留下話拜託我們代為去跟札諾巴和克里夫致個意。不管是被致意的札諾巴和克里夫，還是希露菲、愛麗兒等人，想必都會因為沒能和她們道別而感到遺憾。

從今以後，普露塞娜將回到大森林，為了成為族長而繼續鍛鍊精進。

至於莉妮亞，雖然不知道將來會如何，但是她想必也會以自己的方式活下去。

她們兩人打算以後再也不相見嗎？明明感情那麼好。

不過自己卻忍不住覺得……這樣的生存美學其實有點帥氣。

講些閒話。那天傍晚，有件事傳進我的耳裡。

據說有人看到兩個滿身繃帶，在公共馬車上不斷爭吵的獸族女性。

嗯，我想她們多半是沒有掌握好公共馬車的時間，因此意外碰頭了吧。

這兩個傢伙做事真是虎頭蛇尾。

——學校的傳言．其之十一「龍頭老大不會忘記清算舊帳」——

第十二話「第四階段」

畢業典禮之後過了幾天。

現在，我的眼前有一個巨大的魔法陣。乍看之下，那很像是一塊石板。

不過實際上，是用很多兩面都畫滿魔法陣的Ａ２紙張層層堆疊起來的魔法陣。

使用的紙張應該超過一百張吧。紙張邊緣被木框蓋住，木框本身也畫上了魔法陣。

已經成了一種魔道具。

為了製作這東西，果然還是讓我們耗費了相當長的時間。雖然我也有幫忙，不過大部分都是七星一個人完成。

「那麼，開始實驗吧。」

站在魔法陣對面的七星開口下令，她的兩側站著克里夫和札諾巴。

因為他們也有協助這個研究，所以我事先吩咐兩人在研究要推進到下一階段時必須到場參加。

七星並不願意，然而我主張這是他們的權利後，她總算姑且接受。

當然，所謂權利只不過是藉口。他們的任務是在實驗萬一失敗時負責壓制住抓狂的七星，事後還要負責安慰她。

說來說去，來自異性的安慰其實挺有效果。

或許男女不同，不過至少對我很有效。

所以，就來盡力奉承她吧。還可以找一家酒館，玩玩「客人點了唐培里儂香檳王——」之類的情境。我和克里夫、札諾巴三個人或許完全算不上帥哥，但是這部分只能請七星多擔待。

（註：指日本牛郎店在客人點了高價酒類時，會為了感謝客人而特別表演的服務）

不過呢，我這次很有自信。

繪製設計圖時克里夫就已經打過包票，札諾巴也靠著使用「札里夫義手」帶動技術力更為提昇。應該不會失敗……才對。

好。

「開始注入魔力。」

我把手放在魔法陣的邊緣。

「……」

一旦開始灌注魔力，就會感覺到就魔力像是被整個抽走。

消耗量果然驚人，除了我以外，大概沒有其他人能夠使用吧。

仔細想想，這也是理所當然。希露菲以前說過，這個魔法陣光是一個就會耗掉等同於上級魔術的魔力。現在至少有一百張。

在克里夫的協助下，魔力消耗量有稍微壓低，所以大概不會高達一百倍，不過應該可以隨便就超過十倍、二十倍吧。

「花了不少時間，這方面也改良一下比較……」

「噓！」

七星制止克里夫繼續發表意見。

就像是血液流出心臟那般，我的魔力也不斷流出。魔法陣對魔力產生反應，開始發出朦朧光芒。

沒有什麼不對勁的感覺，魔力的流通也很順暢。

複雜魔法陣發出的光芒……開始改變顏色。

黃、紅、藍、白……來自魔法陣的各色光芒讓我覺得似曾相識，以前看過這種發光模式。

對了，是轉移事件發生前沒多久，那時候也出現過這種光芒。怎麼辦，要停止實驗嗎？如果再度發生轉移，札諾巴和克里夫會遭到牽連。不，影響的範圍有可能更大，而且今天希露菲和諾倫都在學校裡。不，說不定不只是學校，連城鎮，露西都會整個被……

然而，我沒有感覺到會發生什麼事情的動靜。

況且基本上，我們製作的魔法陣根本沒有那種機能。就是為了避免發生那種事情，我們不斷累積研究成果至今。

行得通，沒問題。可以成功。

「……！」

光芒越來越強烈。接著，射向四方的光芒開始聚集到一個點上。

叩咚……現場響起輕微的碰撞聲。

魔法陣突然不再接收魔力，光芒也消失了。

「……」

魔法陣的中心出現一個綠色的物體。那東西呈現漂亮的球形，顏色是綠色與黑色。看起來跟地球一樣充滿豐富的水分，顯得鮮嫩多汁的綠黑條紋。是西瓜。

「成功了。」

「太棒了！」

七星猛然站起，擺出勝利動作。

「恭喜了師傅！」

「成功了呢！」

札諾巴和克里夫也拍起手來，臉上滿是喜悅表情。

「話說回來……」

克里夫很有興趣地靠近西瓜，伸出手指戳了幾下。

「綠黑條紋啊，真是嚇人的外觀……可以拿起來嗎？這玩意兒該不會咬我吧？」

「嗯。不過要小心別摔了，這東西其實很容易摔破。」

「好……哦？相當重。」

滿心好奇的克里夫拿起西瓜，轉來轉去地觀察。

不過，他居然覺得西瓜長得嚇人。果然看在這個世界的人們眼裡，綠黑相間的條紋會讓人覺得詭異嗎？裡面的果肉是大紅色，不知道他們會不會也覺得噁心。

只是這個世界也有很多奇形怪狀的水果和蔬菜。

如果仔細尋找，說不定可以找到西瓜，畢竟市場也有賣瓜類作物。

「我說啊，七星小姐。」

「什麼事？」

「現在一想，召喚夕張哈密瓜之類的東西是不是比較好？因為那是經過品種改良的作物，在這邊應該是不存在於世上的東西。」（註：夕張哈密瓜是北海道夕張市栽種的高級哈密瓜）

「……你能看出經過品種改良的哈密瓜有什麼不同嗎？」

聽到這句話，我也感到困惑。因為自己只能分辨出王子哈密瓜(Prince Melon)和網紋哈密瓜(Musk Melon)有什麼不同。

（註：基本上網紋哈密瓜是高級哈密瓜，王子哈密瓜則是平價哈密瓜）

「況且基本上，還無法設定得那麼詳細。甚至我這次的目標本來是想召喚出高麗菜。」

七星自己也露出覺得實驗結果有點難以判斷好壞的表情。

這個世界也有類似高麗菜的作物。

可是，我們能分辨出這個世界的高麗菜和原本世界的高麗菜有什麼不同嗎？

我不是農夫，七星也不是。

召喚蔬菜這個計畫本身是不是打從一開始就有缺陷？

「……」

不，沒問題。我們依據理論進行實驗，然後得出結果。

那麼，這就是西瓜了。只是無法確定是不是這個世界的西瓜。

不過結果還是結果，西瓜還是西瓜。說是實驗成功應該也不算過於誇大。

「嗯，既然成功了，今晚來慶祝一下吧。」

可能因為西瓜不是人型，札諾巴好像沒什麼興趣。

「嗯，也對。」

巴迪岡迪不知道跑哪去了，莉妮亞和普露塞娜已經離開。

會放縱不拘盡情喧鬧的人變少了，感覺宴會也會變得比較無趣。

然而，不需要在意那種事。

當天晚上，我們舉辦了宴會。

成員少了莉妮亞和普露塞娜，由洛琪希和諾倫補上。

以人數來說，只少了巴迪岡迪一個。會炒熱氣氛的傢伙變少，我的家人變多。氣氛因此有點變化，不過沒有問題。

七星猛灌黃湯，還把茱麗當成娃娃抱在懷裡，不知道和艾莉娜麗潔在聊著些什麼。

她臉上難得出現開朗的表情，說話的聲調也比較高亢。

七星總是擺出一副鬱悶不滿的態度壓低聲調講話，這是很罕見的狀況。

顯見今天的成功就是讓她如此開心。

艾莉娜麗潔帶著充滿慈愛的笑容聆聽七星的發言。

札諾巴和克里夫似乎在跟洛琪希攀談。

從他們一臉認真的表情看來，可能是研究相關的話題吧。畢竟三個人都很認真。

「來，魯迪。」

「嗯，謝謝妳，希露菲。」

至於希露菲，則是一直坐在旁邊為我斟酒。

「希露菲自己不喝嗎？」

「我喝了酒就會做出奇怪行動，所以想稍微克制一下。」

「……這樣啊。」

「今天沒有要外宿喔，要回去跟露西好好道晚安喔。」

「我記得。」

其實喝醉的希露菲很可愛。

就是那種會放開來撒嬌的感覺。不過，像這樣克制飲酒的態度也很有賢妻良母的風範，感覺不錯。

我正帶著這種感想和希露菲卿卿我我，洛琪希靠了過來。

「魯迪，我也可以嗎？」

「可以什麼？」

「請你先把椅子拉開一點。」

我按照她的要求行動之後，洛琪希突然坐到我的腿上。

眼前是洛琪希的髮旋，大腿可以感覺到她的屁股。這是什麼光景，實在太美好了。

不過，這樣不行。

「洛琪希，妳醉了嗎？」

希露菲帶著苦笑發問。

「有一點。」

仔細一看，洛琪希的臉頰微微泛著紅暈。她其實不太喝酒，今天這是怎麼回事？是不是有機會看到洛琪希難得一見的奔放表現？

「呼……」

洛琪希整個人靠在我的胸前。

胸口感受到她輕盈的體重，耳邊還能聽到噗通噗通的心跳聲。啊，太棒了。從自己現在這個位置，似乎只要稍微拉一下洛琪希的長袍胸口就可以看到裡面。

怎麼辦，好想看。要看一下嗎？還是要讓她多喝一點再出手會比較好？

「真好……我等一下也要那樣坐。」

「當然沒問題，希露菲。」

要不然，也可以洛琪希坐左腳，希露菲坐右腳。

之前三人行的時候也是採用左邊洛琪希右邊希露菲的形式，那次真的非常美好。

一種滿滿幸福洋溢而出的感覺。

「……哥哥。」

我正在色咪咪地回想，卻被諾倫瞪了。

不好不好，自己居然把諾倫丟下不管。她在這群人當中沒有幾個認識的人，雖說姑且和所有人都打過照面，不過還沒熟到可以聊天的程度吧。

所以從先前開始，她一直靜靜地坐在我正對面。

「抱歉，諾倫，妳是不是有點不自在？」

「不，不要緊。那個，我有點事情想說，可以嗎？」

「嗯，什麼事？」

我讓洛琪希移動到旁邊的椅子上，然後轉身面向諾倫。

「就是……關於學生會的事。」

「噢，原來是這檔事。」

畢業典禮那天，諾倫待在學生會成員的末座。

她注意到我之後露出尷尬的表情，所以我留下了深刻的印象。

「是愛麗兒學姊來邀請我加入。她說雖然我的成績絕對算不上優秀，卻能帶動向心力，所以問我要不要考慮一下。」

「原來如此……希露菲，妳知道這件事嗎？」

「嗯，有大略聽說。」

我找希露菲確認後，她點了點頭。

看樣子希露菲之前就知道了。我想搞不好洛琪希也一樣，所以轉頭一看，只見她眼神閃爍，果然早就知情。

怎麼會這樣，只有我一個人被蒙在鼓裡。

「抱歉，諾倫說她想要自己告訴你，所以我沒提起。」

「這樣啊。」

希露菲以困擾表情向我道歉。說不定她是為了在討論這話題時幫忙打打圓場，今天才沒有喝酒。

諾倫帶著苦悶表情繼續說道：

「那個……哥哥，我可以正式加入學生會嗎？」

我正想回答「當然可以」，卻臨時改變心意。

諾倫現在有兩件事情要處理，一是劍術的練習，二是書籍的執筆。

執筆這方面還不急。她要一星期寫個一次也沒關係，甚至可以乾脆暫時擱置，等幾年後再讓她繼續寫。可是劍術必須每天確實練習。

劍術、平常的課業，再追加學生會的工作，諾倫有能力應付嗎？

儘管諾倫絕對不是跟不上其他人的吊車尾，不過也沒有優秀到出類拔萃。

她真的可以同時處理三四件事情嗎？

「諾倫。」

「是？」

「妳覺得自己可以做好那麼多事情嗎？」

「……」

諾倫咬住嘴唇，或許她自己也覺得那樣會過勞。

「我不是反對妳加入學生會，但是妳會不會半途而廢呢？」

「不會的。」

「執筆和劍術都是妳自己主動說要做的事情喔。算了，執筆本來是我的工作，所以可以先放一邊去。不過劍術方面妳打算怎麼辦？還有課業也是，從三年級開始應該會變難。」

「課業和劍術我都會努力。」

說的比唱的好聽，但是一個人通常沒辦法一心二用。

一旦想要同時處理兩件事情，就會疏忽其中一邊。

「魯迪。」

希露菲對我送來為難的視線。

「諾倫到目前都有確實兼顧。」

是嗎？到目前是吧？嗯，不過，那種狀態長久持續下去之後又會如何？

是不是會壓垮她呢？

「對了，諾倫是什麼時候開始幫忙學生會？」

「在學生會幫忙這件事本身已經有一年以上了吧？我記得是在魯迪你外出旅行的期間開始。」

「咦？啊，相當久了呢。」

我外出旅行的期間……也就是在我開始教導她劍術之前嗎？

「沒問題的，魯迪。我可以保證。諾倫能夠以學生會成員的身分好好做下去，其他事情也不會半途而廢。」

希露菲以堅定語氣這樣說道。

不過……原來如此啊。諾倫不是來跟我討論能不能做到的問題，而是已經做到之後才來報告嗎？

這樣一來，我根本無法反對。

「是嗎……諾倫這麼努力啊。」

在我看不到的地方，她還是有拚命努力。

總覺得非常開心，一種筆墨無法形容的喜悅情緒。

「我明白了。雖然我覺得這本來就不是自己有資格許可的事情，不過還是許可吧。諾倫，妳今後也要繼續努力。」

「是！哥哥！謝謝你！」

諾倫很有精神地點了點頭。到頭來，會有什麼結果還是取決於本人的努力。

不過，周圍有義務為這種奮鬥表現送上聲援。自己也要盡可能為她加油。

我正在思考這些事，突然聽到七星的聲音。

「來切西瓜吧。」

今天召喚來的西瓜就在宴會中分享給所有人。

跟記憶裡的西瓜相比，這個西瓜的甜度跟水分都少了一點。我想一定是加州的西瓜。

姑且不論味道，把這個西瓜切開來後，我們查明一件事情。

這玩意兒居然是無籽西瓜。再怎麼說，這個世界裡應該並沒有使用類似的栽培方法。

換句話說，這次的實驗確實成功了。

宴會進行到高潮……或者該說高潮已過。

七星在唱歌，諾倫被迫跳舞，札諾巴開始對茱麗發表關於人偶的長篇大論，希露菲照顧著喝醉酒的洛琪希，克里夫跑去和艾莉娜麗潔卿卿我我。

這是一種在宴會即將結束之前會出現的獨特疲勞感。自己也順著微醺醉意，把身體癱在椅子上。

感覺很好。

「……辛苦了。」

這時，七星過來找我。

「……咳，咳……」

她的臉色有點難看，是不是因為酒醉而不舒服？誰教她感冒了還要喝酒。

「要不要幫妳解毒？」

「……麻煩了。」

對她使用解毒和治癒魔術之後，七星似乎好過了一點，帶著稍微清醒的表情呼了一口氣。
「不管怎麼樣，多謝你的幫忙。這樣一來，總算可以推進到下一階段。」
「是啊。」
從我開始協助七星的研究，至今已經快滿三年了。時間過得真快。
和第一階段相比，第二階段和第三階段都是輕鬆突破。
雖然也要歸功於札諾巴和克里夫，不過比起我當初的預想，實際上還是順利得多。
「我記得第四階段是要指定召喚物的詳細條件吧？」
「對啊，有個人很熟悉這方面的事情，我打算去請教一下。」
就是她提過的召喚術權威嗎？
「該不會是奧爾斯帝德吧？」
「才不是。奧爾斯帝德雖然也使用召喚術，不過我要找的是另外一個人。」
另外一個人啊……
不過話說回來，奧爾斯帝德那傢伙果然連召喚都會使用嗎？按照人神所說，奧爾斯帝德似乎能使用世界上的所有招式和術法。不過，會使用和很熟悉應該是兩回事。
就像開發人員和使用者總是不同的人種。
「所以，我有一個提案。」
「什麼提案？」

「之前召喚瓶蓋的實驗成功後，我還沒給你謝禮吧？」

「是啊。」

說起來，我忘了要跟七星拿謝禮。

因為那時候正在忙著照顧露西。

人類一旦感到滿足，就會欠缺追求更進一步的動力。

「所以和這次的算在一起，我想把那個人介紹給你作為謝禮，這樣如何？」

「介紹嗎……」

「老實說，關於你想知道的召喚魔術，去找那種人直接學習會比較好。」

嗯，其實不懂什麼異世界召喚術也沒什麼關係。如果能從異世界召喚東西出來當然是很方便，我可能會為了孩子召喚奶瓶或嬰兒推車之類的東西。

然而，那並不是無論如何都必要的事情。畢竟手邊的東西已經十分夠用。

至於普通的召喚術基本上還是想學。只是使用的機會看來很少，所以單純只是出於好奇。

另外關於那個轉移事件，雖然我有一點想知道為什麼會發生，不過同樣不是非知道不可。

「話說，對方是可以抵上兩次實驗謝禮的厲害人物嗎？」

「嗯，說不定連你母親的記憶喪失都能有什麼辦法。」

「妳說什麼……」

聽到這句話，我忍不住把身體往前探。

或許是有聽到我們的對話，諾倫也靠過來了一點。

「真的嗎？」

「其實我也不確定，只是那個人活了很久，很有可能知道什麼辦法。」

塞妮絲的記憶喪失能夠痊癒。

我認為她目前恢復得還算順利，不過記憶這種事情，實在很難確定是否可以治好。

就算那個人治不好，只要能問出病名和類似的病例，再配合我前世的知識，說不定能夠有什麼改善。

儘管我的前世知識並沒什麼大不了，不過或許還是能做點什麼。

「兩位在談論七星小姐的師傅嗎？」

「如果可以介紹的話，我也很想見見對方。」

札諾巴和克里夫不知何時已經移動過來，艾莉娜麗潔也跟在克里夫後面。

她從先前開始就非常專心地揉著克里夫的耳朵，雖然我不知道那樣有什麼好玩，不過艾莉娜麗潔看起來很開心。

「嗯……畢竟我有麻煩你們幫忙，其實也是可以。」

七星露出有點為難的表情，我記得那個人好像是什麼不太能提及其名號的人物。

「啊，我也有點興趣。」

我正在思考，希露菲也加入談話的行列。至於洛琪希，躺在並排的椅子上睡著了。

諾倫不知道有沒有興趣，待在和這裡有點距離的洛琪希身旁看著我們。

如果要去，她們也會想參加吧。連同七星在內，總共是七個人。

「要是一大群人跑去，會不會造成困擾？」

「……這方面倒是不要緊，對方說過十二個人以內都沒問題。就算在場所有人都一起跑去想來也沒關係。」

七星點了點頭，像是已經放棄抵抗。

總之，札諾巴和克里夫確定會參加。不過就算七星那邊沒問題，我這邊的狀況也是另一回事。

「可是如果要去見那個人，是不是很花時間？」

徒步的話要花幾個月呢？使用轉移遺跡或許會比較快，不過光是前往那個轉移遺跡就要花上五天時間。

來回就要十天。而且轉移之後大概還要移動，預估總共要花上一個月應該比較妥當吧。

我不想和露西分開那麼久。

「想見的話，一天就能見到。」

「哦？原來在附近啊，其實妳偶爾會去見對方？」

一天嗎……來回是兩天。就算在對方那裡住個幾晚，也可以在一星期之內回來。

這樣的時間，甚至乾脆把露西帶去也行。

「不在附近，平常也沒有見面。但是有見面的方法。」

是不是利用魔力附加品來聯絡呢？我沒有實際看過電話類的魔道具，不過這世界能夠瞬間轉移。既然如此，應該不至於真的沒有類似電話的東西吧。

而且雖然傳送文章似乎需要一段時間，不過如果只是單純的暗號，好像只要事先講定就可以傳達意思。類似信號彈那樣的感覺。

「原來如此。那麼，對方叫什麼名字？」

七星皺起眉頭。她看了一下周遭發現客人很多，於是示意我們靠近一點。大家就像是要講悄悄話那樣地把臉全都湊上前後，七星小聲說道：

「我希望你們不要外傳，可以嗎？」

用這句話當開場白的她先確定所有人都有點頭，接著才開口說道：

「他叫甲龍王佩爾基烏斯。」

這個名字正是四百年前在拉普拉斯戰役中，引導人族贏得勝利的「殺死魔神的三英雄」之一。

閒話 「狂犬之劍是沉重還是銳利」

北方大地的最西端，劍之聖地。

這片土地的歷史充滿征戰。

目前雖然是劍神流的總部，其實也經歷過水神流得勢的時期。

在短短百年之前，某代的水神和劍神決鬥，奪走了這片土地。

那名水神後來又被另一位劍神擊敗，聖地再度回到劍神流手中。自此之後，這裡就成為當代最強的劍士停留盤據，傳授其流派劍術的地點。

能夠接受最強的劍士指導劍術，甚至有機會好運打倒最強的劍士，自己取而代之——

對於抱著這種野心的劍士來說，這裡是憧憬之地，也是至少要造訪一次的場所。

今日，有稀客造訪此地。

而且是兩人。

其中一位大約年過六十，是個老婦。臉上帶著神經質的不悅表情，不過散發出穩重氣質的整體外表卻給人一種安心感。雖說現在身穿旅行用的服裝，不過只要換個衣服，坐在安樂椅上刺繡編織的模樣應該很適合她。

然而，有一個東西和她的外貌很不相稱。那就是掛在老婦腰間，長度比一般稍短的佩劍。

如果是劍技夠水準的人，應該可以察覺就算老婦的身影乍看之下破綻百出，然而無論攻擊哪裡，自己的劍都無法傷到對方。

因為實際上，這老婦正是水神「列妲．莉亞」。

水神流奧義「剝奪劍」已臻爐火純青，當代最強的劍士之一。

另外，跟在列妲身邊的人是一名年輕女性。年齡大約二十歲上下的這名女性擁有和列妲相似的容貌，身上穿著和列妲一樣的旅行用服裝，腰上果然也掛著劍。

「師傅大人，這裡就是劍之聖地嗎？」

「沒錯，這裡就是妳一直嚷嚷著說想來的野獸巢穴。」

「我好緊張。」

「妳只要相信自己的劍技就可以了。只要不和劍神交手，想來十分足以對應。」

「是，師傅大人。」

兩人一邊交談，同時深入劍之聖地。

雖然這裡被稱為劍之聖地，第一眼看起來卻是普通的城鎮。有旅社、有武器店，也有冒險者公會。路上看得到冒險者，也看得到商人，每個人都忙碌地四處奔波。

只是，如果要舉出這裡的一個特殊之處，那就是幾乎所有居民都是劍神流的劍士。

就算是手臂看來瘦弱的鎮民少女，也有可能比身材魁梧的冒險者更有實力。

「要先找好住宿嗎？」

「沒有必要，住在加爾小夥子那邊就可以了。」

列妲邊說邊穿過城鎮，繼續往深處前進。

前進一段路之後，冒險者和商人變少，身穿道服手拿木刀的人和看起來像道館的建築物卻越來越多。

同行的女性東張西望，似乎覺得新奇。對她來說，人們穿著看起來很冷的道服在雪中行動的模樣感覺有點新鮮。

「師傅大人，這裡明明很冷，人們卻穿得相當單薄。」

「劍神流必須迅速行動，不然等於是沒用的木偶。所以就算再冷，他們也不會穿上沉重的服裝。」

「和即使很熱也要穿很多的我們相反，很有趣呢。」

「一點都不有趣。」

列妲連看都不看周圍的道場，直直朝著深處前進。

通過某一區域後，道場、住家，還有身穿道服的年輕人突然全都不再出現。

在一片雪景中，只有一條宛如山谷的道路繼續延伸下去。

道路前方，是一間位於圍牆內側的巨大道場。

這裡就是劍之聖地的本源，同時也是劍神流之總部的大道場。

★★★

列妲她們到達大道場的入口時，正好有一名女性走了出來。
那是一位把長髮綁在後方，有著毅然表情的少女。
看她手裡拿著桶子，或許是正好要去汲水。
發現列妲她們之後，少女立刻拋開水桶，面帶警戒地把手放在腰間劍上。
「請問兩位來此有何貴幹？」
列妲盯著少女的臉看了一陣子，不悅的表情稍微和緩了一點。
「哦哦，妳是妮娜嗎？長大了啊。」
「……？」
這句話讓少女露出懷疑的表情。
「嗯，妳不記得了嗎？也沒辦法，上次見面時妳才這麼小……」
列妲臉上帶著懷念，然而少女——妮娜．法利昂卻沒有印象。
她只知道眼前的老婦並非尋常人物。
也看出旁邊的女性擁有和她自己同等……或是更加強大的實力。
「是你們的頭頭找我，我今天才跑這一趟，妳帶個路吧。」

「頭頭？」

「就是加爾·法利昂。」

這句話讓妮娜有點猶豫。

來拜訪加爾·法利昂的人很多。

大部分都是意圖接收劍神之名，不自量力的狂妄傢伙。

讓那種傢伙吃閉門羹是妮娜這些弟子的工作。

「失禮了，可以請教尊姓大名嗎？」

「我叫列妲，列妲·莉亞。應該不必再自我介紹是何方人物吧？」

「嗚！我明白了，請往這邊走。」

然而一聽到這名字，妮娜就對列妲行了一禮，邀請她們入內。

因為世界上只有一個人有資格堂堂正正地報上「列妲·莉亞」這名號。那就是水神流之首

——水神才能夠如此自稱。

妮娜腦中也閃過「這老婦有可能只是冒充名號」的念頭，不過她從對方的舉止感覺出某種深不可測的氣勢，因此打消了懷疑。她認定就算老婦是假貨，也是個擁有相當實力的人物。

在妮娜的帶領下，列妲等人踏進劍神流大道場的區域內。

她們從入口直直往前，通過有高低落差的雪國特有玄關，然後進入室內。

一行人在玄關拍掉身上的雪，沿著嘎吱作響的木頭地板前進。

列妲看著走在前面的妮娜，開口喃喃說道：
「妳年紀輕輕就很率直又敏銳，至少成為劍王了吧？」
「不，我還差得遠。」
「是嗎，妳在年輕弟子中應該是最強的一個吧？真是謙虛啊。」
「因為最快的人或許是我，但最強的人並不是我。」
「哦？心態很好，甚至讓我覺得不像劍神流的年輕人。」
談著談著，三人到達「會面之間」。
裡面坐著一名男性，雙眼輕輕閉著，看起來像是正在冥想。
列妲陷入好像被利劍指著喉嚨的感覺。她身為三大劍術頂點之一的「水神」，即使已屆高齡，依舊抱有自身實力與全盛期毫無二致的自信。
然而，唯有這男子的劍，連她都無法簡單化解。
眼前此人正是劍神加爾・法利昂。
「列妲・莉亞大人已到。」
「來了嗎？」
加爾・法利昂微微睜開眼睛，看向列妲。
他瞄了旁邊的女性一眼，不過立刻失去興趣移開視線。
「歡迎妳千里迢迢遠道而來，一把老骨頭要跑這麼遠的路想必很辛苦吧。」

「確實辛苦。不過你低頭求我實在難得，所以我最後還是來了……嘿咻。」

列妲走到劍神前方，彎腰坐了下來。

雖然嘴上說了聲：「嘿咻」，動作卻宛如流水般華美順暢。

妮娜和列妲帶來的女性就像在待命般地來到列妲後方坐下。

「那麼，你想讓我教哪個人什麼東西？把水神流的奧義傳授給後面這孩子就行了嗎？」

列妲抬抬下巴指著妮娜，同時向劍神提問。

「也好。這女孩看來很率直，應該比較適合劍神流，不過倒也不至於無法使用水神流的劍技。」

列妲是因為收到劍神的一封書信才前來此地。

「希望妳能幫忙鍛鍊一名弟子」。

她原本想立刻撕毀內容主旨就是這一句話的信件。

然而，討厭拜託別人的那個劍神加爾．法利昂居然還特地寫了信給自己，這個行動讓列妲產生興趣。不過如果光是那樣，還無法讓她千里迢迢地從阿斯拉王國首都來到這裡。

「不過，我這邊也有條件。」

「什麼條件？」

「就像你想培育自己的弟子，我希望你也可以讓我的弟子見識一下劍神流的劍術。不過沒有必要教她。」

對於自己的弟子驕矜自滿的現狀，列妲感到憂慮。

水神流是阿斯拉王國的劍術指導，門下也有許多弟子，然而僅有少數弟子能持續提昇自身的才能。

今天帶來的女性是那些少數弟子的其中之一，不過因為同門中沒有和她同等的劍士，變得有點得意忘形。雖說還是繼續認真鍛鍊，然而缺少目標也沒有競爭對手，因此列妲察覺這一年以來弟子幾乎沒有成長。

把弟子帶來此地，是為了挫挫她的威風，並藉此促使她更進一步成長。

就算劍神流的年輕劍士實力不怎麼樣，無法削減弟子的銳氣，只要有機會和劍神加爾·法利昂交手，想來還是能讓她獲得許多經驗。

因為水神流是對手越強，修行效果就越大的流派。

而且，列妲認為加爾·法利昂把她叫來此地應該也是基於相同的考量。他大概想安排弟子舉劍攻擊水神，親自體驗水神流的反擊，讓弟子更加進步。

「可以，小事一件。」

「哼哼。不然這樣，要不要讓我的弟子和你的弟子較量一下？」

列妲先發制人地提議。

她的計畫是讓妮娜挫折弟子的銳氣。

因為列妲認為，雖然讓弟子直接和劍神交手也可以，不過要是弟子被年紀相仿的對手打敗，必定會更加悔恨。

「可以。妮娜，把艾莉絲叫來。」

「……知道了。」

聽到這句話，列妲不解地歪歪腦袋。

先前在入口遇到妮娜之後，列妲一直以為要鍛鍊的對象就是她。

「那個……師傅。」

「怎麼了？快點去把她帶來。」

「那個……請問我也可以參加較量嗎？我對水神流劍士的實力很有興趣。」

「啥？老子本來就打算讓妳參加。」

對於妮娜的請求，劍神加爾・法利昂不耐煩地點了點頭。

「！非常感謝！我馬上去把艾莉絲帶來！」

聽到劍神的回答，臉上閃過喜悅表情的妮娜行了一禮，隨後走出道場。

★　★　★

見到那個少女時，列妲感覺到自己起了雞皮疙瘩。

就像是在路邊遇上了魔物，她反射性地想把手伸向腰間佩劍。

完全是因為弟子先做出反應，列妲才沒有表現出那種醜態。
弟子帶著警戒把手搭在腰間的劍上，這是必須隨時保持冷靜的水神流不該出現的動作。
「艾莉絲，這個婆婆接下來會教導妳關於水神流的種種。」
「……多指教。」
叫作艾莉絲的少女毫不掩飾臉上的不高興表情，不過還是低下頭致意。
（簡直是頭野獸……）
列妲可以感覺到艾莉絲雙眼深處沉眠著宛如飢餓野獸的激情。
擁有這種激情的人，即使學習被動的水神流也無法確實精通。
這樣的人物更是打從一開始就不會想求教於水神流。
「雖然過意不去，不過加爾小夥子，這小姑娘根本不適合練習水神流，只會浪費時間。」
「那種事情老子也知道。」
劍神加爾．法利昂動作誇大地點了點頭。
「那麼，你是要我教她什麼？」
「什麼都不用教，只要用水神流對付她就行。」
「哦？」
列妲靠著這段對話察覺劍神加爾．法利昂有何目的。
也就是說，他想讓這個叫作艾莉絲的少女透過實戰來學習「對付水神流的方法」。

然而，列妲無法推論出劍神這樣做的理由。

讓弟子先實際體驗過和水神流劍士交手的狀況確實沒有壞處，但是並不足以構成特地把她叫來的理由。如果這女孩是擁有才能的劍神流高徒，要使出超出一般水神流劍士反應速度的斬擊並非什麼難事。

若要找出對付水神流的對策，比起體驗水神流的劍技，更進一步鑽研粹鍊劍神流的劍技反而才是上策。

因為劍神流和沒有主動攻擊的對手就無法進行像樣修行的水神流不同，是一種無論面對何種敵人都要先發制人以取得勝利的流派。

列妲推論，既然劍神要讓這個少女累積和水神流的對戰經驗，就是在暗示她將來有可能會和水神流的哪個人交手。

講到足以讓劍神認為必須做到這種地步否則無法取勝的水神流劍士，她心裡只有一個答案。

「怎樣，你是打算讓這頭野獸來暗殺我嗎？」

「哪有可能，殺掉一個放著就會掛掉的老太婆又能幹嘛？」

「既然如此，你直接告訴我吧。我為什麼必須把關於水神流的種種傳授給這孩子？你到底想讓她去對付誰？」

聽到列妲的提問，劍神咧嘴露出凶猛的笑容。

「這個叫艾莉絲的丫頭想要打倒龍神奧爾斯帝德。」

「什麼……奧爾斯帝德……」

列妲臉上出現極為動搖的表情。

她也很熟悉那個名列列強榜上的人物。包括他的強大，以及能使用水神流劍技的事蹟。

「居然要對付龍神，真是宏大的目標。你認為能辦到嗎？」

「我認為可以，艾莉絲也是。」

「是嗎，是嗎。很好，有自信是最重要的。」

列妲不確定這些話是真是假。

居然說要打倒七大列強第二位的「龍神」，怎麼聽都覺得只是玩笑話。

然而劍神那帶著自信的表情，還有艾莉絲一副理所當然的態度，都莫名地帶有說服力。

甚至讓列妲忍不住認為如果他們是來真的，那麼確實有趣。

「但是啊，劍神。我可不願意浪費時間指導沒有才能的傢伙。先讓她和我家的弟子交手，等到她能夠取得壓倒性勝利後，才能來找我求教。要是這女孩能辦到，我願意考慮把種種知識傳授給她。」

這是一箭雙鵰……不，三鵰的提案。

可以打碎弟子的傲慢，讓弟子累積和劍神流對戰的經驗，還能參與這種似乎很有趣的活動。

列妲的內心很久沒有如此興奮。她確實是水神流，但更是一名擁有鬥志的劍士。

「就是這樣，伊佐露緹。妳來做她的對手吧。」

水神的弟子……被喚作伊佐露緹的女性站了起來。

「明白了。我是『水王』伊佐露緹．克爾埃爾，今後請多多指教。」

看到她的動作，妮娜和艾莉絲也轉身面對伊佐露緹。

「『劍聖』妮娜．法利昂，請多指教。」

「……艾莉絲．格雷拉特。」

有句話叫三個女人湊在一起吵翻天，然而完全不符合這句話的三個人各自拿起放在道場角落的木刀。

「我是基於師傅的命令才不得不花時間跟妳們交手……但是妳們可千萬不要認為區區聖級有辦法壓制我喔。」

就像是只想讓她們兩人聽到這句話，伊佐露緹掩著嘴低聲說道。

「……是呢，還請手下留情。」

「哼……」

伊佐露緹這句挑釁雖然明顯到不能再明顯，劍神流天才劍士那易燃的好勝心還是被點燃了。

一個小時之後，艾莉絲躺在道場的正中央。

「呼……呼……」

她睜大雙眼，呼吸急促。

艾莉絲被伊佐露緹打得毫無招架之力，可說是一敗塗地。她的劍完全無法碰到對方。

目前即使是在這間道場中，艾莉絲的劍速也能名列前十。藉由孤獨的空揮練習磨練而成的一擊已經有將近基列奴水準的鋒銳和威力，在獨特的節奏下使出的攻擊也讓人難以迴避。這些再加上北神流的劍技，艾莉絲的戰鬥力應該遠遠凌駕於尋常劍聖之上。

然而，伊佐露緹卻化解了艾莉絲的所有攻擊，還配合她的攻勢使出反擊。

在不到三十分鐘的對戰中，艾莉絲已經死亡將近百次。

「…………」

在艾莉絲的旁邊，可以看到倒地的伊佐露緹。

她因為擊潰艾莉絲而驕矜自喜，卻徹底敗在妮娜的劍下。

伊佐露緹原本認為劍神流充其量只是靠著劍速和氣勢的野蠻劍技，不可能擊敗洗練的水神流劍術。

但是妮娜輕描淡寫地打破了這種狂妄的想法。妮娜使出的斬擊根本不容許伊佐露緹做出反應，直接擊中她的側頭部。結果，伊佐露緹就這樣昏了過去。

只用了一擊。

「真是有趣的結果。」

講出這句話的人，是坐在道場上座的劍神加爾・法利昂。

「……」

妮娜對著劍神深深一鞠躬。

劍神認為這是有趣的結果。

他恐怕沒有預料到最後會是妮娜獲勝吧。察覺到這一點的妮娜雖然有點失望，不過還是很高興這次能有機會在師傅面前展現出自身的成長結果。

因為妮娜同樣也很喜歡勝利的快感。

「這個結果根本一點也不有趣。」

列妲如此評論。

她認為這個結果是理所當然。對於水神流來說，完全不打算隱藏殺氣的野獸正是最容易打敗的對手。艾莉絲確實很強，她擁有相當優秀的潛力。

然而光有潛力還不夠。就算是鬥志的化身，是彷彿為戰鬥而生的存在，依舊無法打倒水神流。

相較之下，妮娜和伊佐露緹的戰鬥結果對列妲來說也是合情合理。

妮娜小小年紀就擁有此等實力，卻沒有因此志得意滿。

恐怕是因為身邊有那個名叫艾莉絲的少女，環境並不容許她驕傲自大吧。

虛心繼續修行的結果，讓妮娜能夠戰勝因為傲慢而懈怠的伊佐露緹。和艾莉絲相比，妮娜的斬擊並沒有特別迅速，反而到達同一點的速度會慢上一個小指尖的距離。至於威力，更是艾莉絲擁有壓倒性的優勢。

然而，妮娜的斬擊不帶任何感情。是在沒有任何殺氣，甚至連感情上的預先動作都不存在的狀態下揮出的一劍。毫無疑問，伊佐露緹別說是殺氣，肯定連妮娜準備出手的意圖都沒有察覺。

「不過，這是個很好的結果。如何，妳要跟我學習水神流的劍技嗎？」

聽到這個提問，妮娜稍微考慮了一下，最後還是搖了搖頭。

「不，我想把劍神流練到登峰造極。」

「是嗎，是嗎。那樣就對了。」

列妲笑了起來，似乎感到很有趣。

「加爾小夥子，我看這樣辦吧。暫時讓這三個人接受共同訓練，互相切磋琢磨如何？」

「也對，既然還會輸給區區水王，根本尚未及格。」

「我家的弟子也是，要是有了就在眼前的目標，應該會再度勤奮練習吧。」

劍神和水神經過討論。

得出了這樣的結論——

在艾莉絲打倒伊佐露緹，伊佐露緹打倒妮娜之前。

讓三人站在同樣的立場互相指出彼此的缺點，應該能夠促進她們的成長。

「……妮娜，妳可以接受嗎？」

「沒有問題。」

妮娜點了點頭。

確實，妮娜只是基於好奇才會主動參與這件事。不過和水神流的優秀弟子切磋琢磨對她想必也會帶來正面的影響。

妮娜贏了，但是她並不認為伊佐露緹和艾莉絲比自己遜色。

而且，她已經親身體會過和同等對手競爭所帶來的增效作用。

妮娜認為，如果沒有艾莉絲，自己恐怕無法打贏伊佐露緹。

「好，那就這麼辦吧。上午和往常一樣跟隨老師鍛鍊，等到中午過後，妳們就三個人聚集在一起修行。」

「是。」

「……我知道了。」

妮娜靜靜點頭，躺在地上的艾莉絲也開口回應。

伊佐露緹雖然還沒有醒來，不過列妲不打算允許她有什麼意見。

就這樣，艾莉絲展開對抗水神流的修行。

一個月後，形成了奇妙的三方僵局。

艾莉絲打贏妮娜，妮娜打贏伊佐露緹，伊佐露緹打贏艾莉絲。

她們會分別進行各自的修行，然後每天交手數次並且交換意見。

伊佐露緹很快就看穿艾莉絲的弱點。

「艾莉絲小姐放出太多殺氣了。我們水神流對殺氣非常敏感，所以一旦察覺即將受到攻擊，馬上就能做出對應。」

「就算妳這麼說，我也不知道該怎麼辦才好。」

艾莉絲虛心接受伊佐露緹的意見。

雖然其他人總是認為艾莉絲很任性又凶暴，不過她對於能讓自己變強的方法其實抱著強烈的求知慾。

「這個嘛……妮娜小姐，妳在攻擊之前幾乎不會放出殺氣，那是怎麼做到的？」

「怎麼做……因為用最快速度揮劍就可以取勝，根本不需要放出殺氣吧？」

妮娜反而不能理解艾莉絲為什麼從平常就要這樣滿身殺氣。

她認為既然沒有敵人，過度緊張又能怎麼樣呢？平常應該要放鬆下來比較好。

「我不懂。」

「是嗎？那麼，妳就試著每天洗澡，好好吃飯，然後躺進溫暖的被窩裡想著妳那個最喜歡的男友沉沉入睡吧。」

「什麼嘛，這件事和魯迪烏斯無關吧？」

「唉……真是，那一段是開玩笑啦，總之那部分以外的事情都要確實去做。妳現在很臭也很不健康，實在讓人看不下去。」

「…………好吧。」

以艾莉絲來說，她並不想切斷自己緊繃的神經。因為越是修行，越能理解記憶中的龍神奧爾斯帝德強到不合常理。

奧爾斯帝德使用過和伊佐露緹相同的劍技。但是，他的劍技遠比伊佐露緹的水準更高，也極為正確精密。比起水王，反而是旁支的奧爾斯帝德更加擅長水神流的劍技。

「唉，為什麼我打不贏這樣的傢伙啊，真讓人沒自信。」

妮娜誇張地嘆了口氣。

她每天都持續執行劍神加爾·法利昂提倡的合理化訓練。合理地鍛鍊身體，合理地攝取食物，合理地度過每一天。

明明如此，卻無法打贏顯然不合理的艾莉絲。

「…………因為，我刻意讓妳比我晚行動。」

「咦？」

妮娜完全沒想到艾莉絲居然會回答。

因為艾莉絲應該是自私任性，從來沒把對手的事情放在心上的人物。

「是瑞傑路德教我的。他說只要利用視線之類，就可以誘使對手比自己先行動或是晚行動。」

「瑞傑路德……是誰？」

「是我的老師。」

這句話讓妮娜不解地歪了歪頭，她聽不懂艾莉絲在說什麼。

艾莉絲從平常就在使用的這個技巧，是瑞傑路德傳授的高等技術。

也是實戰經驗豐富的劍士讓下意識做出的行動昇華為技術的魔族戰士技巧。

因此，艾莉絲沒辦法說明清楚。

「也就是說，艾莉絲小姐是刻意誘導對手的行動嗎？」

「沒錯。」

「……」

靠著伊佐露緹的分析，妮娜總算理解艾莉絲那句發言是什麼意思。

理解歸理解，心中的懷疑還是無法完全消除，她只能狠狠地瞪著艾莉絲。

因為妮娜認為艾莉絲簡直是在山裡出生山裡長大的野人，完全沒想到她能夠使用如此高等的技巧。

反而是伊佐露緹對這方面比較能夠理解。

因為水神流是以反擊為主的流派。

所以也存在著主要目的是誘使對方先出手的技術。

「原來如此，所以妳和我交手時也有使用嗎？」

「有是有，但是妳根本不動。」

「因為我受過那種訓練……下次和我交手時妳要強制自己別那樣做，也不要放出殺氣，或許戰況就會稍微有什麼不同。」

「……我會試試。」

艾莉絲皺著眉頭，點了點頭。

雖然嘴巴上說要試試看，但是艾莉絲完全不懂抑制殺氣的方法。

因為她從來不曾帶著自覺去抑制殺氣。

當然，至今已經有好幾個人跟艾莉絲提過這件事。

然而，由於瑞傑路德在教育艾莉絲時選擇了利用這種泛濫殺氣的方針，艾莉絲根本不聽別人的建議。

她抱著一種觀念，只要是自己比他人更擅長的的事情，就算會在平常帶來負面影響也沒有必要勉強抑制。

「我該怎麼辦呢？那個，伊佐露緹小姐，妳是怎麼做的？」

「……妮娜小姐的話，這個嘛……水神流是採用先遮斷視覺再判斷出真正攻擊的修行法……不過我聽說艾莉絲小姐那招是魔族常用的戰鬥技術，所以劍神流應該也有對應的方法。

請教一下妳的師傅如何呢？」

伊佐露緹很優秀也很聰明。

所謂的水神流劍士，有很多人都勤於努力，也有很多人的忍耐力特別強。

「呼……實在沒辦法順利做到呢……哎呀，太陽差不多要西下了。」

今天的研修會就在妮娜這句話之後告一段落。

「那麼明天見了……總覺得最近每天都非常開心，因為這是我第一次像這樣和年紀相近的人基於相同水準來進行討論。」

伊佐露緹快活地這樣說道。

「是啊，伊佐露緹小姐。我也是。」

妮娜也有同感。因為艾莉絲平常幾乎完全不和別人交談，可是實際上試著聊過之後，她才發現艾莉絲的戰鬥相關知識其實既廣博又多彩。再加上艾莉絲不只熟知最近學會的北神流劍技，甚至連魔族的技術也通曉幾分。

雖然還沒放下覺得她是莫名其妙母猴子的印象，但是對艾莉絲實力的評價已經慢慢改變。

妮娜現在明白，艾莉絲並不是使用了野蠻的戰法，只是動用了其他流派的技術。

「……哼。」

艾莉絲還是老樣子。

如果是平常的她，就算按照劍神的吩咐參加研習會，也不會發表什麼意見。

不過這樣的艾莉絲突然回想起過去，回想起和魯迪烏斯兩個人一起學習劍術時的往事。

那時候她和魯迪烏斯也會像這樣討論許多話題，互相研究改善。

因為魯迪烏斯以前那樣做……就是這種單純明快，對艾莉絲卻代表絕對的理由讓她開始和其他人交流。

「我還要去接受師傅的鍛鍊，就此告辭了。」

「今天也謝謝妳的指教，伊佐露緹小姐。」

「不，妮娜小姐，我也該感謝妳。因為我已經實際體認到自己正在逐漸變強。」

來到分別通往客房和宿舍的分岔口後，妮娜和伊佐露緹笑著這樣對話。

艾莉絲則是繼續跨著大步走向宿舍。

「我也要謝謝妳，艾莉絲小姐。」

「……我明天會打中妳一劍。」

「我會期待。」

「……哼。」

艾莉絲頭也不回地離開了。

妮娜向伊佐露緹行了一禮，跟上艾莉絲。

「艾莉絲，妳要再去鍛鍊是沒關係，但是結束後至少要洗個澡！」

平常的艾莉絲根本不會理會這句話。

因為很臭的東西就是很臭，所以妮娜即使知道只是白費力氣，還是幾乎每天都會這樣說。

但是，今天的艾莉絲不一樣。

她帶著有點不高興的表情回過身子，瞪著妮娜。

「……妳剛剛說的事情是真的嗎？」

「剛剛哪件事情？」

「叫我試著每天洗澡，好好吃飯，然後躺進溫暖的被窩裡想著魯迪烏斯沉沉入睡，就可以讓殺氣消失。」

「嗚……」

妮娜一時說不出話來。

那只是為了讓艾莉絲聽話的隨口胡謅。然而放鬆才能進入無心狀態是正確的理論，因此她決定堅持到底。

「是……是啊。況且基本上，妳要是一直像現在這麼臭，就算是妳那個男朋友也一定不會回心轉意。」

「才沒有那種事，魯迪烏斯總是會把被我的汗水浸到溼透的衣服拿去抱在懷裡。」

「真的嗎……」

妮娜回想只見過一次的魯迪烏斯是什麼模樣，再試著想像對方把臉埋在眼前這女人的汗臭衣服裡的模樣。完全是個變態。

不過看到眼前的艾莉絲心情迅速轉壞，妮娜並沒有把自己的感想說出口。

「總之，我聽說過女性要是太骯髒會讓男性反感。」

「嗯，魯迪烏斯在掃除等方面總是很認真勤奮。」

「沒……沒錯吧！所以，妳應該隨時保持整潔。」

艾莉絲開始思考。

她回憶著魯迪烏斯的事情。雖然有提醒自己不要去想他的事情，但是只要一放鬆就會自然而然想起。而且只要想到魯迪烏斯，嘴角就會不由自主地露出笑容。

這時，艾莉絲突然發現。

如果是這種狀態，自己應該沒有放出殺氣吧。

「我明白了，那我去洗澡。」

「是啦，我知道妳就是這樣。好吧，我也差不多該放棄……嗯？妳剛剛說什麼？」

艾莉絲沒有回答這個問題，直接回到自己的房間。

據說妮娜後來帶著被嚇傻的表情呆站在原地不動。

後來又過了一年，艾莉絲和水王伊佐露緹交手時，終於可以略為占到上風。

無職轉生

到了異世界
就拿出真本事

怕痛的我，把防禦力點滿就對了 1 待續

Kadokawa Fantastic Novels

作者：夕蜜柑　插畫：狐印

防禦力×全點＝無雙!?
怕痛少女悠悠哉哉大冒險！

梅普露缺乏一般遊戲常識，把所有配點都灌到防禦力（VIT）去了。雖然動作緩慢又不會用魔法，卻意外取得特殊技能【絕對防禦】，並以致命施毒技能蹂躪全場？不按牌理出牌讓眾玩家都傻眼的「移動要塞型」最強初學者登場！

NT$200/HK$60

境域的偉大祕法 1~3（完）

Kadokawa Fantastic Novels

作者：繪戶太郎　插畫：パルプピロシ

伶生擊退「縫補公爵」雷歐．法蘭肯斯坦，
但聯盟趁機正式啟動建立妖精人國度的計畫——

在之前的騷動之中，一群人造人少女——伊蘿哈、妮依娜、莎庫雅——逃走了，她們為了實現自己的夢想，決定向「緋紅龍王」宣戰！不僅如此，就連理應不存在於這個世上的人物，也出現在伶生面前……激烈過度的魔王狂宴，再次交換誓言的第三幕上演！

各 **NT$220~250/HK$68~75**

八男？別鬧了！ 1~12 待續

Kadokawa Fantastic Novels

作者：Y.A　插畫：藤ちょこ

隧道開通原是促進繁榮的好事
卻因管理問題引來軒然大波!?

貫穿利庫大山脈的縱貫隧道出口是經濟狀況非常拮据的奧伊倫貝爾格騎士領地，共同管理隧道對領主家來說是個沉重的負擔。威爾、布雷希洛德藩侯家與王國三者打算共同負責管理和營運的方向發展。然而領主的女兒卡琪雅突然現身並打亂了一切……

各 **NT$180~220/HK$55~68**

錢進戰國雄霸天下 1~3 待續

Kadokawa Fantastic Novels

作者：Y.A　插畫：lack

風林火山之威武新角色參戰！
拉炮與火繩槍並濟喧天！

　　織田家一統天下的戰事遭武田信玄舉兵阻撓，織田、德川聯軍節節敗退。帶兵支援的光輝臨危受命，領得遠江之地並為整治而奔波，進軍駿河的行動又遇上北条家阻撓……於是光輝耐不住性子，大啖當地美食，順道消除戰事壓力。信長當然也不忘來參一腳。

各 **NT$200~220/HK$60~68**

魔技科的劍士與召喚魔王 1~12 待續

Kadokawa Fantastic Novels

作者：三原みつき　插畫：CHuN

決戰之地——亞特蘭提斯浮現於世！
風起雲湧的浩大校園戰鬥物語震撼全世界！

以一樹為首，環繞魔法先進國七王的戰鬥，終於發展成洛基翹首期盼的神話大戰！就在離開美國的前一刻，讓人類與魔法相互結合的傳說鍊金術師「瓦西雷歐斯·瓦西雷翁」現身一樹面前。而義大利王蕾吉娜沉入海底之後，冷靜地思考了東山再起的方法——

各 **NT$180~220/HK$50~68**

Kadokawa Light Novels

渣熊出沒！蜜糖女孩請注意！1～2待續

Kadokawa Fantastic Novels

作者：烏川さいか　插畫：シロガネヒナ

熊妹＆鮭魚少女登場，
久真的日常變得更加熱鬧！

夏季到來，久真整天都能跟在櫻身邊大肆享受頂級蜂蜜生活，不亦樂乎。然而，過去都住在熊之鄉的妹妹九舞出現，使他安樂的日常頓時瓦解。另外，一下水就會變鮭魚的少女圭登約久真出來密談，居然請求久真幫她在兩週後的游泳大賽前克服這種體質？

台灣角川

各 NT$200~220/HK$60~68

Kadokawa Light Novels

歡迎來到實力至上主義的教室 1~7 待續

Kadokawa Fantastic Novels

作者：衣笠彰梧　插畫：トモセシュンサク

面對龍園緊迫盯人的調查，綾小路會——
超人氣創作雙人組聯手獻上全新校園默示錄第七彈！

第二學期即將結束，C班的龍園翔為了釐清暗中操縱D班的X而展開了死纏爛打的調查。目標人物範圍逐漸縮小，龍園的魔掌終於逼近了輕井澤惠……在這種狀況下，綾小路突然被茶柱老師帶往接待室，而出現在那裡的，是逼迫綾小路退學的父親——

各 NT$220~250/HK$68~75

台灣角川

Kadokawa Light Novels

©Hisahiro Igaki, Youji Sorimura 2017

練好練滿！用寄生外掛改造尼特人生!? 1~2 待續

Kadokawa Fantastic Novels

作者：伊垣久大　插畫：そりむらようじ

召喚女神下凡就算了……
沒想到連女神都能被「寄生」!?

榮司擁有透過「互相寄生」鍛鍊他人，自己也能變強的技能。某日，他不小心利用神祕技能「召喚傳說」呼喚璐到人間，但好像就連她本人也不曉得該如何回去神的世界……「算了，管他的。」女神居然就這麼賴著不走，和榮司展開同居生活——!?

台灣角川

各 NT$230~240/HK$70~75

國家圖書館出版品預行編目資料

無職轉生：到了異世界就拿出真本事 / 理不尽な孫の手作；羅尉揚譯. -- 初版. -- 臺北市：臺灣角川, 2018.05-

冊；　公分

譯自：無職転生：異世界行ったら本気だす

ISBN 978-957-564-181-8(第12冊：平裝). --

ISBN 978-957-564-676-9(第13冊：平裝)

861.57　　107003771

Kadokawa
Fantastic
Novels

無職轉生～到了異世界就拿出真本事～ 13

（原著名：無職転生～異世界行ったら本気だす～ 13）

2019年1月16日　初版第1刷發行
2024年4月2日　初版第9刷發行

作　者：理不尽な孫の手
插　畫：シロタカ
譯　者：羅尉揚

發 行 人：台灣角川股份有限公司
總　監：呂慧君
總 編 輯：朱哲成
設計指導：陳晞叡
印　務：李明修（主任）、張加恩（主任）、張凱棋

發 行 所：台灣角川股份有限公司
地　址：104台北市中山區松江路223號3樓
電　話：（02）2515-3000
傳　真：（02）2515-0033
網　址：www.kadokawa.com.tw
劃撥帳戶：台灣角川股份有限公司
劃撥帳號：19487412
法律顧問：有澤法律事務所
製　版：巨茂科技印刷有限公司
ISBN：978-957-564-676-9
